# 「花のいのち」殺人事件

宮田俊行

海鳥社

スーティン、シャイム「狂女」

（国立西洋美術館蔵）

本書はフィクションであり、シャイム・スーティン作「狂女」の解釈は著者の見解である（美術史および作品の来歴として、学術的に裏付けられていることではないことを念のため記す）。

目次

# プロローグ

なぜこんなだらしのない男のことを書いているのだろう。駄目な男に惹かれてきた。好んでそうしてきたつもりはないが、二度も駆け落ちした母の影響であろうか。

主人公の富岡兼吾はあの男なのだ。どうしようもない男。とうとう私はあの男を追いつめ、殺した。あの男は「花ちゃん」を殺したのだから、当然の報いだ。

決着は付いたのだが、私は小説家だからやはりあの男を書いておかなければならない。これまで書くのも汚らわしくてそんな気持ちになれなかったが、私はいま四十五歳、心臓に持病があるのでそれほど長生きできるとは思えない。生涯の最後の力を振り絞って、あの男について書く。

もう一人の主人公、幸田ゆき子は私だ。敗戦後の東京、米兵相手にパンパンをやるような女だ。境遇が同じで年齢が若ければ、私だってやっていただろう。食っていけないんだったら、女はそれくらいのことはやってのける。カフェーの女給のときだって、体を売るくらいのことはやった。金のことを言い出せないのは最初だけだ。あのとき、相手の男が

「いくら」と聞いてくれたから、それで道が開けた。それから自分で言えるようになった。

友人のたい子なんかゆすりまでやったのだ。まだ大震災の前、アナーキストや右翼のゴロつきは銀行の決算期に訪ねていって、十円、二十円の金をもらっていた。そんな中でも、断髪に長襦袢のような着物を着た若い女は目立っただろう。そういえば、彼女も「花ちゃん」という名でカフェーに出ていたっけ。

富岡とゆき子は、群馬の伊香保温泉に心中に行く。しかし、富岡ははじめから心中とは言わない。自分一人で女を殺す場面を空想している。

この小説もずいぶん長くなった。伊香保の心中でどちらかを殺して終わりにするつもりだった。ところが、どうしても二人を心中させることができなかった。富岡はふらりと入った店にいた〝おせい〟という若い女の逞しい肉体に惹かれ、関係を結ぶ。これで話は終わらなくなった。

富岡の髪が額にたれ下がった、女好きのする顔。「みえぼうで、うつり気で、その癖、気が小さくて、酒の力で大胆になって……気取り屋で」。あの男そのものだ。

この小説「浮雲」は林芙美子の代表作となるだろう。だが、モデルが太宰治だというのは誰にも明かさない。私があの男と生涯にわたって戦ってきたなんて誰も知らないだろう。

# 第一章

# 花と園

# 第一章　花と園

## 1

「姉さん、姉さん」

玄関から若い女の声が聞こえる。

あら、時ちゃんかしら、と二階の芙美子は思った。

「はい、はい」

芙美子が階段を降りていくと、時が着物の裾を気にしながら、コンクリートの三和土に立っていた。家の前に井戸があって、いつもびちゃびちゃしているのだ。

「大作家先生も家がこれじゃあ形無しね。姉さん、早くいいとこへ引っ越したら。お金いっぱいあるんでしょう」

あの純情かれんな時ちゃんもずけずけ言うようになったもんだ、と感心しながら芙美子は上がるように勧めた。新宿のカフェーで女給をしていたときの仲間で、肌も髪もつやつやとしてとびきりかわいい子だった。そんな十八歳の時ちゃんが指輪やコートを買ってもらって、浅草の待合で妻のある四十二歳の男に手込めにされてしまった。月々四十円ばかしの金で囲われていたらしいが、しばらくしたら捨てられて、今は銀座のカフェーで働いている。二十一、二のすっかりいい女になっている。

「姉さん、新聞見た?」

時は座るとすぐに懐から新聞の切り抜きを取り出して、卓袱台に載せた。新聞の干支を見ると、昭和五年のきょう十一月三十日付の東京日日新聞で、「帝大生と女給が心中」というベタ記事だ。


【鎌倉発】相州腰越小動神社裏海岸に二十九日午前八時ころ若い男女が催眠剤をのみ倒れているのを発見、七里ヶ浜恵風園療養所に収容手当の結果男は助かったが女は死亡した。右は青森県金木町朝日山四一四津島文治弟で東京市外戸塚町諏訪二五〇常磐館方帝大文学部仏文科一年生津島修治(二二)女は銀座ホリウッド・バー女給田辺あつみ(一九)で女が男の病気に同情し情死したものである。


「このあつみって、うちの店で働いていた花ちゃんなのよ。二十六日から出てきてなかったの」

「まあ、そう……」

芙美子は一瞬目を丸くしてから、「気の毒ね」とため息をついた。男絡みで厄介事に巻き込まれる女給は少なくない。この時ちゃんのときだってずいぶん腹を立てもし、心配もしたものだ。

「いや、そうじゃなくて、私が姉さんに言いたいのは、これは心中じゃなくて、殺人事件だってことなの」

「えっ」

「この帝大生知ってるのよ。九月くらいからホリウッドに来てるんだけど、大散財する人でいつも払いのときにお金が足りなくなるの。そんなときは花ちゃんのつけで飲んでたのよ。チップたくさんくれるけど、つけを考えるとそんなにいいわけでもないわねと苦笑いしてた。帝大生だから花ちゃんも甘かったのね。つけがだいぶ貯まってきて、そろそろ返してもらわなきゃ困るって言ってた。そしたら二十五日にこの帝大生が友達と来て閉店まで飲んでた。店が引けてから花ちゃんも一緒にその連中と出ていったから、私はそれを見て、ああ今日こそお金を返してもらうんだと思ってた」

「そのあと花ちゃん、行方不明になったの？」

「そうなのよ。そしたらこういうことでしょ。絶対、お金のことでもめて殺されたのよ。だって、花ちゃんには田舎から一緒に出てきた決まった人がいるのよ。心中するはずがない。殺されたんだ。うちの経営者には昨日警察から連絡があったんでしょうけど、店の方にはふだんコックと女給しかいないから、私たち知らなかったのよ。悔しい」

時は涙を浮かべている。

芙美子は大変なことになったと思った。

「このままじゃ、花ちゃん、心中ということで片づけられてしまう。私が行ったたって、女給なんかの話を聞いてくれやしないわ。姉さん、なんとかしてくれない。姉さんはもう女給じゃなくて大作家なんだから、警察も話を聞いてくれるわ。お願い」

時は卓袱台の向こうで頭を下げている。

芙美子は考えていた。今年改造社から出した『放浪記』がベストセラーになって、作家でございい、みたいな顔をしているが、自分だってつい四年ほど前まで女給の「弓ちゃん」をしていたのだ。自分はなんとか少しの文才と運があってその世界から抜け出すことができたが、女給たちはあまりに転落していく者が多い。自分は女給の代表でもあった。知らぬ顔の半兵衛はできない。

「よし、やろう。女給の名誉のために」

「さすが、姉さん。決断が早い」

人一倍好奇心と義侠心の強い芙美子が乗り出さないはずがない。この子わかって来たくせに、と芙美子は時の顔を見たが、頼ってくれたことはやはりうれしくもあった。

「さっそく鎌倉に行かなくちゃね。鎌倉ってどうやって行くんだっけ。遠いんでしょうね」

「それが去年、小田急の江ノ島線が開業して、『江ノ島直通』が新宿から出てるのよ。江ノ島からは江ノ電に乗れば、鎌倉に行けるわ」

上落合の芙美子の家から、西武線中井の駅まで歩いて四分ほど。新宿まではすぐだ。それからその「江ノ島直通」とやらに乗り換えて合わせて三、四時間かかるだろうか。今昼の一時だから夕方には鎌倉に着くだろう。

夫の六敏《ろくびん》は家の横を流れる妙正寺川上流の堰のスケッチに出かけている。書き置きを残しておけばいい。きょうは鎌倉泊まりになる。

「時ちゃん、あなたも一緒に来て」

「はい。もちろん」時は目を輝かせた。

2

鎌倉警察署は江ノ電の鎌倉駅から若宮大路の側に出るとすぐ目の前にあった。それほど大きな建物ではない。

日曜日のせいか窓口には誰もおらず、芙美子は近くにいたいかにも新米そうな警察官に、今朝の心中事件の担当刑事に会いたい、と告げた。

「ほほう、『放浪記』の林芙美子さんですか。私も読みましたよ」にこやかに芙美子と同年配の若い刑事が出てきた。「私は室田と言います。まあ、こちらにどうぞ」

時も一緒に着いてこようとすると、

「あ、そちらの方はこれが話をうかがいます」

さきほどの新米警官と別室に行くよう指示した。

机と椅子だけの殺風景な部屋に通された。部屋のドアを閉めると、室田は、

「ふん、アナーキストか」

吐き捨てるように言った。

芙美子は室田の一変した態度に驚いた。

親友の平林たい子から警察の恐ろしさは聞いていていた。

大正十二年九月の関東大震災のときのことだ。

十七歳のたい子はアナーキストの男と戸塚に住み、会社のゆすりたかりで糊口をしのいでいた。激震で家を飛び出した二人は、警視庁が燃えているのを高台から見て歓声を上げる。余震のなか毎日、呆然とする避難民に逆行して、二人はうきうきと東京を見て回る。

三日目、近所の自警団に見とがめられ、憲兵隊に引き渡されそうになる。そのとき一人の巡査が声をかけて救い出してくれた。巡査はたい子が以前居候していた部屋の隣人で、たい子らは追い出したくて「巡査になどなるのは人間の屑だ」と聞こえよがしによく罵ってやった相手だった。それにもかかわらず、こんな窮地を救ってくれて警察で通行証を出してくれるという。たい子はかつての自分の浅はかな行為を反省しながら付いていくと、二人とも留置場に放り込まれた。親切と見せかけて、復讐されたのだ。市ヶ谷刑務所に移されて最長の二十九日間拘留された。ようやくそこを出てから大杉栄と伊藤野枝が虐殺されたことを知った。たい子らも途中で一度、戸山ヶ原の森に集められたことがあった。いったんは処刑の命令が出たものの、それほどの重要人物ではないと判断され中止されたものだったらしい。

お為ごかしに乗ったたい子と、『放浪記』でおだてられた自分とに大差はない。「アナーキストか」と、こんな田舎の署にも新人作家の情報が伝わっていることに、警察はやはり侮れないと思った。

去年、特高が家に踏み込んできたことがあった。

そのころ芙美子たちは妙法寺という寺が作業員用に建てた粗末な借家に住んでいた。

四月の早朝、まだ五時ごろのことだ。靴音に外をのぞくと大きな赤ら顔の男がいて、

「手塚君起きてる？」と夫を君付けで言う。よっぽど親しい友人だろうと思って玄関を開けると、四、五人の男が手にそれぞれ自分の靴を持って大声を上げながら入ってきた。手塚六敏がただのペンキ屋だと主張しても聞かず、しつこく同行を求めるので、召集令状を出して見せた。

「ぼくはこの月末から三週間兵隊に行くことになってるんです」

するとようやく、おかしいなあと首をひねりながら男たちは出て行った。あのときは単なる人違いかと思っていたが、あれは特高が目をつけているゾという脅しの一種だったのだろうか。

芙美子は身長百四十三センチしかないので、こんながっちりとした男と向き合うと親子のようだが、小さいころからやくざ者にまじって生きてきたので度胸は据わっていた。

「アナーキストだから何でしょう」

確かにひところ、白山のレストラン「南天堂」でアナーキスト詩人たちと完全に頭のいかれた日々を送っていた。しかし、それは芸術上の刺激が欲しかっただけで、たい子に誘われて左翼系の『文藝戦線』にもいくつか作品を書いたが政治活動には全く興味はなかった。

「開き直ったか。まあいい。今はアナーキストはそれほど怖くない」

「じゃあ、怖いのは何かしら」

　言われなくても分かっている。初の普通選挙実施と合わせて、三年連続で共産党の大検挙が続いており、今年もすでに千五百人が逮捕されていた。

「そんなことはいい」室田刑事はじろりと芙美子をにらんだ。「それより作家先生が何しに鎌倉くんだりまで来たのかな」

「帝大生と女給との心中事件のことです。新聞では心中で片づけていましたが、女だけ死んで男が生き残っているのはおかしいですね。男は調べているんですか」

「もちろん回復し次第調べる」

「花ちゃん、いや、田辺あつみさんの死因は何ですか」

「窒息死だ」

「窒息死？　入水じゃなかったんですか」

　思わず芙美子の声が大きくなった。

「海岸の岩の上で、カルモチンという神経衰弱と不眠の薬を大量に飲んでいる。これを嘔吐して喉に詰まらせることはよくある」

「でも男の方は窒息しなかったんですね」

「まあ、常習者には効かなくなるからなあ」

「その薬の常習者だったんですか」

「なんだか私のほうが調べを受けてるみたいだ。林さん、こういうことには首を突っ込まないほうがいい」

「待ってください。あつみさんの遺体だけでも見せてください」

「そりゃあ、無理ですよ、林さん。そうそう誰にでも見せるわけにはいかない。あつみさんと一緒に広島から上京して暮らしている内縁の夫に来てもらってますから、確認のほうはそれで大丈夫です。ご安心ください」

「私と一緒に来た時ちゃんって子が同僚ですから、すぐ確認できますよ」

「いえいえ、近親者ひとりで充分」

そのとき部屋の扉をノックして、警官が顔をのぞかせた。

「中俣さんという方がお見えになってますが」

「おお、来たか」室田刑事は機嫌よくなって芙美子のほうを見ると、「では、私は忙しいので、これで」さっさと出て行った。

芙美子は残った警官に、

「その中俣さんって方が、あつみさんのご主人かしら」

と聞いた。人のよさそうな警官は、

「いえ、ご主人のほうは変わった名前で高免《こうめん》さんって言ったかな。中俣さんってのは生き残った男のほうの関係者でしょうね」

芙美子がロビーの粗末な椅子で待っていると、しばらくしてから時が戻ってきた。二人はいったん鎌倉駅前の宿に入った。

「姉さん、帝大生の津島修治って、青森のものすごい金持ちのお坊ちゃんなんですって」

「あら、でも、あなた、花ちゃんのつけで飲んでたって言わなかった?」

「そうなのよ。まあ、もともとひどく金遣いは荒かったらしいんだけど」時は急に声を潜めて「共産党に資金を出してたんだって」

「まあ、そうなの」

「私、難しいことはよく分からないんだけど、青森の弘前高校から帝大に進んだ人はそういう活動をしている人が多くて、津島って人も先輩にしつこく勧誘されたらしいのよ。それが青森の実家にばれて、縁を切るとかもう金は送らないとか言われて、それで厭世自殺って言うの?　それらしいのよ」

「でも、時ちゃん、よくそんな詳しく聞けたわね」

「それがね、あの新米の刑事、いきなり、仏さん、すごい美人だね、ってこうなのよ。あんなきれいな人見たことないと思ってたら、あんたもなかなかだね。銀座の女給ってそんな美人ぞろいなの、今度遊びに行くよ、って言うから、私も調子に乗っていろいろ聞いちゃった」

「そんな様子じゃ、この事件に警察はやる気ないわね」

「それがね、あのほら、室田って刑事、姉さんとしゃべったほう。あの刑事も青森出身で、帝大生と同郷なんですって。だから張り切っちゃって全部俺一人でやるからって、ぼくたちには何もさせてくれないんだって白けてた」

「同郷？」室田が中俣という男側の関係者が来たときにやけにうれしそうな顔をしたのを思い出した。あれもきっと同郷なのだろう。「取り調べの刑事が同郷なんて偶然なのかしら」

「そりゃあ、そうでしょう、姉さん」

「とにかく夕食は後回しにして、七里ヶ浜の恵風園療養所ってところに行ってみましょう。男の顔を見なくちゃ始まらないわ」

「そうね！」

　人家の軒をかすめるように走る江ノ電の日坂駅で降りると、日はとっぷりと暮れていた。事件現場の小動崎《こゆるぎがさき》は砂浜の先に黒々と横たわっている。さほど突端まで遠い岬ではない。間近に潮騒を聞きながら、目の前の恵風園に急いだ。浜に沿うように横に長い建物だった。

職員から第一病棟の二号室だと言われた。木のドアがずらりと並んでいる長い廊下を芙美子と時は足早に歩いていった。

津島修治の病室には、芙美子より少し年上くらいの男女三人がベッドを囲んでいた。警戒されないようにドアからそっと、田辺あつみの同僚とその付き添いの者ですが、と告げた。ちらと見えた修治は美しい男だったが、のっぺりとした顔に薄ら笑いさえ浮かべており芙美子はゾッとした。

さらに続けて、びっくりして駆け付けたものの、警察に行っても遺体さえ見せてくれないので、せめて修治さんのお見舞いに来ました、と伝えた。三人はあれっと顔を見合わせたが、一人が芙美子のほうにやってきた。

「修治の兄の英治です。このたびはご迷惑をおかけしました」頭を下げた。「修治はまだ気が動転しておりますので、申し訳ありません。どうぞこちらへ」

談話室のような廊下の一角に三人で座った。英治は自分から口を開いた。浮世離れした顔に着物を粋に着こなした様子が芸事のお師匠さんのようだった。

「そちらが青森のおうちの代表ということでらっしゃるんでしょうか」芙美子は確認のために聞いた。

「いえ、うちは五人兄弟でして。ほかに女のきょうだいもいますが――男は上から文治、英治、圭治、修治、礼治となります。父は働き盛りで亡くなって、長兄の文治が跡を継いでおります。私が二番目。三番目の圭治は今年六月に若くして亡くなりました」

「まあ、そうでしたの」

英治はおほんと咳払いをして、

「修治がどうしてこのようなことをしでかしたのか、まだはっきりとは分かりませんが、本人は胸を病んでおりますので、将来を悲観してのことだと思います」

こちらが共産党のことや金のことを知ってるのだとは思ってもいないようだ。芙美子は、「実のところ、花ちゃん——あつみさんの店での名前ですが——の動機が分からないのです」

英治は首をかしげながら、

「同情してくださったんでしょう。まだお若い、満でいえば十七歳、お優しい年頃でしょうから」

それに対して時が冷たく言い放った。

「でも、自分は飲み慣れた薬だから助かって、花ちゃんだけ死なせるってひどいじゃないですか。まるで計画的に殺したようなものでしょう」

「いえ、それこそ殺すような動機はありませんから」英治は顔を歪ませ、「あつみさんを強いて鎌倉まで連れてくることはできないし、無理に薬を飲ませることもできません。こんなことをした弟をかばうわけではありませんが、そこははっきりしておかないと」

「弟さんはそう言ってるかもしれませんが、花ちゃんが死んでいる以上、一方的な話であって本当のことは分からないわ」時はだんだん興奮してきたようだ。

「いいえ、それは間違いありません。証言があります」

「証言？」芙美子が口を挟んだ。

「ええ、二人は二十五日の夜、カフェーが引けてから失踪したわけですが、二十七日に修治の友人が築地で二人に会っているんです。あつみさんも元気でにこにこしていたそうです。脅して無理に連れ回していたとかそういうことはありません」

「合意の上だと言いたいのね」時が不服そうに言った。

「ええ、まあ、そうです」

芙美子は疑問に思って、

「その友人とは偶然会ったんですか」

「いいえ、その友人の中村というのは青森中学を出てから上京して、築地小劇場で照明係をやっているんです。そこに修治のほうから訪ねてきたんです」

「何のために」

「まあ、美人の彼女を自慢しに行ったんでしょう。劇団の仕事をしている中村でも見たこともないような美人だったと驚いてましたから。中村は〝メグ、ヤレジャ〟と、津軽弁で〝うまくやれよ〟と言ったそうです」

「それを知ってらっしゃるということは、その中村さんから青森のそちらに連絡があったんですね」

「ええ、まあ、そうですね」文治は歯切れ悪く言葉を濁しながら、「中村から直接というわけではないですが、とにかく二十八日には東京から修治が失踪しているという連絡がありまして、私は二十九日の昼過ぎには青森を急行で発ちまして、今朝上野に着いたというわけなんです」

「では、青森を出た時点では心中を知らなかった？」

「そうなんです。ちょうど入れ違いに連絡があったようです。私は上野からまず修治の下宿に行ったんですが、そこに先ほど言った中村がいて心中のことを初めて知ったんです」

「それで鎌倉に飛んできたと。それはお疲れのところすみません。……さきほど病室にいらした男の方が中俣さんですね」

「どうして中俣のことを」英治は驚いた様子だ。

「いえ、先ほど警察署で中俣さんの名前を聞いたもんですから」

「なるほど。病室にいるのは、あれは妹夫婦です。義弟のほうが鎌倉でやはり結核で療養してるもんですから」

「あら、ずいぶん鎌倉に縁がありますのね。刑事さんも身内の方だし」芙美子は鎌をかけた。

「いえ、身内だなんて。室田の実家がたまたまうちの小作をしているだけで」

「小作……」芙美子は小さくつぶやいた。

「まだ何かお話があるんでしょうか」英治はそわそわし始めた。


芙美子は修治が共産党のシンパだったことについても聞きたかったが、さすがに切り出しにくく、英治の前を辞した。

「やけにたくさんの人が関わってくるわね」芙美子は長い廊下を再び歩きながら時に話しかけた。

「そこが津島家の坊ちゃんなんでしょ。私らみたいな身寄りのない者とは違うわ」

「ふふ、ほんとね。それにしても室田刑事の実家が津島家の小作だなんて、できすぎた話ね」

「あのお兄さん、言葉は丁寧だけど、付いていったほうが悪いみたいな言い方だったわね。花ちゃんがにこにこしてた、だなんて、絶対あの男が甘い言葉をかけてだましたのよ。姉さん、それって証明できないかしら」

「とにかく花ちゃんの遺体を確認したいわね。それができなければ、せめて高免という人に遺体の様子だけでも聞かなくちゃ。今日はもう遅いから無理でしょうね。明日は起きたらすぐそれをやろう」

「そうね」時はうなずいた。

〈メグ、ヤレジャ〉

（うまくやれよ）

芙美子はその言葉が妙に気にかかった。

3

翌朝早く、芙美子と時は鎌倉警察署を訪ねた。

室田刑事を呼び出し、なんとか曲げて花ちゃんの遺体を拝ませてもらえないか懇願した。

「ゆうべ、火葬したよ」

芙美子と時は凍りついた。

芙美子は世界がぐるぐる回る思いがした。足ががくがくして倒れそうだ。それから怒りが湧いてきた。かろうじて振り絞った声は震えていた。

「何の権利があって！」

「権利？　夫が承諾したんだから」

「昨日あれから、あなたと高免《こうめん》と中俣と三人で決めたのね」

「そうだよ。ちゃんと高免さんに遺体を確認してもらってからね。なんら問題はない」室田は平然と芙美子を見下ろしている。

「早過ぎるわよ。証拠隠滅としか思えない」

「これはまた失敬な」

「通夜も葬式もしていないのよ！」

「あのねえ、林さん、あの子の親きょうだい親戚は全部広島にいるのよ。こっちで通夜や葬式ができないから、焼いて遺骨にして高免さんに連れて帰ってもらうんじゃないの。客死の場合、当たり前のことじゃないの。なるだけ早く親の元に返してあげたいという、むしろ親切でしょ」

「馬鹿な……、男の調べさえしていないのに」

やっぱり何か陰謀が隠されている。芙美子はとりつく島のない室田にぷいと背を向けて警察署を出た。

「あなたの言うとおり花ちゃんは殺されたんだわねえ」

芙美子は同じく悄然としている時に声をかけた。

「でも、どうして殺されなくちゃならないの」

「それを証明しなくちゃね。高免に会いに行きましょ。あら、でも、どこにいるのかしら」芙美子は警察署を振り返って、「戻って聞くのも嫌ね」

「まかせて。あの新米に聞いてくる」時は駆け出した。

それから時が聞き出した高免の宿に向かった。芙美子が昔泊まっていたような見すぼらしい木賃宿だった。

部屋のふすまを開けると、二人の男が畳に座っていた。腹の出た、いがぐり頭の中年男が中俣で、若い気弱そうな男が高免だろうと思われた。二人の間には白い布で包まれた四角い箱が置かれていた。

「わっ、花ちゃん」

時が叫んで箱に飛びつき、泣きじゃくった。

芙美子は唖然としている二人の男に昨日からのことを説明した。

「あつみさんをどうしてこんなに早く遺骨にする必要があったんですか」

「こういうことは誰かがてきぱきとやらなければなりません。私は津島家の不祥事を後始末する役回りでね。あんたらの疑いももっともだと思うけど、これは間違いなく心中事件ですよ。どちらかが最後になってためらって生き残るというのはざらにある。褒められたことではないけれども、そもそも心中自体が褒められたことではないですから。二人とも同じ量のカルモチンを飲んでいるし、坊ちゃんは胸を患っていますから、厭世による心中自殺としか判断しようがない」

中俣は兄の英治と打ち合わせたように同じことを言った。

「じゃあ、修治さんは全くの無実ということですか」

「もちろん坊ちゃんは自殺幇助罪での取り調べは受けますよ。でもそれは心中事件で片方が生き残った場合、必ずその罪名で調べるんです。一応ね、形式上のことですよ」

「自殺幇助って……、まるで花ちゃんが自殺したかったみたいじゃないの。そんなことは絶対ない」時が中俣に食ってかかった。「現にここにいる高免さんという夫がいるんだから」

「まあ、そんなに言うんなら、言いましょう」中俣は高免を気遣うようにちらりと見てから、「坊ちゃんは近々結婚することになってました。二十四日には相手方に結納の目録を届けたばかりです。でも、あつみさんという人を知ってからその女とは結婚したくないと思ったんでしょう。それで二人で将来を悲観して……」

「それよ！」時が大きな声をあげ、「その女との結婚が直前で嫌になって、心中事件を起こせばきっと破談になると企んだのよ。で、花ちゃんに一緒になってくれ、と甘い言葉でだましたんだわ。心中は狂言で、死ぬことはないから、って。そして自分は飲み慣れた薬を分かってて花ちゃんに飲ませたんだから、立派な殺人だわ」

高免はなぜか黙っている。

「あんたら、こんな話は高免さんに気の毒や」

「それに刑事とは同郷でぐるなんだから、絶対有罪にはならない計算ね」芙美子がぴしゃりと言った。

「そんな失礼なことばかり言われて、帰りますわ」

中俣は近くにあったハンチングを取っていがぐり頭に被り、立ち上がってさっさと部屋を出ていった。

察しの早い時は、

「金を……、あなた、金をもらったのね」

高免を非難した。高免は、

「ぼくがどんなに惨めな立場か分かってるんですか。妻が別な男と心中したんですよ。少しの金くらい何ですか」

開き直った様子だった。芙美子は高免が本当に金を受け取ったことに愕然としながら、

「心中とは限らない。殺されたかもしれないのよ」

「一緒に道行きをしたのは事実じゃないですか。死ぬ手段が何だったかはぼくには関心はない。このまま広島に戻ります。ぼくらは東京に出てくるべきじゃなかったんだ」

高免は白木の箱を持って立ち上がった。芙美子と時は高免を引き止めようとした。

「もうこの事件には関わりたくない。そう一筆書いて中俣さんにも渡しましたから。さようなら」

この馬鹿な男は念書まで取られたのだ。芙美子は呆然として高免の後ろ姿を見送った。

芙美子と時は、昨夜は暗くて断念した小動崎に行った。一番はじまで歩いたが、その先は断崖で降りることはできなかった。数年前に日本百景に選ばれた江の島がよく見える。小動《こゆるぎ》神社で手を合わせ、花の冥福を祈った。谷戸駅前の蕎麦屋で、昼食のそばを食べた。

「どうする、姉さん」

「花ちゃんの無念は何としても晴らさなきゃ。このまま室田刑事に任せていたら無罪放免よ」

「本人が白状すればいいのよね」

「それが一番よね。でも自白させるためには外濠を埋めなきゃ……。まだ殺人を立証する

には不充分ね。決定的な証拠を本人に突きつけて、自白させなくちゃ」

「うーん」二人は頭を抱えた。

「本人を訊問して、矛盾点を突いていくという方法もあるけど。療養所はお兄さんや中俣たちにがっちり守られてるし、今ごろはきっともっと人が増えてるわ。警察の取り調べが始まるまで、まだ数日かかりそうね。複雑な事情がありそうだから、いっそ青森に行って探ってみようか。なんか出てくるかもしれない」

「姉さん、行ったことあるの」

「ない。東京から西は旅から旅への生活だったけど、北は上州までしかないわ」

「十二月の青森、寒いでしょうね」

「うん、ちょっと旅支度してから夜行に乗れば、明日の午後には青森に着くわよ」

「姉さん、仕事は大丈夫なの。忙しいんでしょう」

「ああ、ちょうどひと段落してるから、それは大丈夫」

芙美子は内心、仕事のためにもむしろこの事件には徹底的にこだわりたい思いだった。八月に改造社から出した『放浪記』が売れに売れて、その印税で一か月余り中国大陸を回った。十一月には『続放浪記』も出て、これも好調なようだ。しかし、『放浪記』的なものばかりでは今後作家として続かないというのは誰よりも芙美子自身が分かっていた。あれは散文詩だ。大好きなロシア文学のような、小説らしい小説が書けるようになりたい。心は焦るが、私生活から離れて書いたことがなく、素材をどう料理していいのかが分からない。

七年前の大震災のときのことも頭にあった。本郷に間借りしていた芙美子は、上京して新宿にいた両親とともに避難船で大阪に行き、広島の尾道に帰った。翌年再び上京してたい子と知り合い、その壮絶な体験談を聞いたときは正直言って悔しかった。たい子がその経験をもとに傑作を書くのではないかと恐れた。以来、物書きとしてどんな事件や事故からも逃げてはならないと肝に銘じている。

二人は上野駅で落ち合うことにした。

## 4

昭和五年十二月二日。

青森駅に降り立つと、東京の真冬以上に寒かった。

雪が激しく降り始めたのと夜行列車の疲れもあって、二人はひとまず駅前の宿に入り、畳の部屋に寝転んだ。

仲居に訊ねてみると、地元の東奥日報で大きく報道されているらしく、津島修治の事件のことをよく知っていた。津島家は想像以上の名士だった。曾祖父の惣助が金貸しから大地主に成り上がり、父の源右衛門はさらに家運を隆盛させたが、貴族院議員になったばかりの大正末に五十過ぎで亡くなった。若くして家督を継いだ長兄の文治は金木町長を経て最年少県会議員となっていて津島家は安泰かと思われたが、アカにかぶれた弟の修治にだけは手を焼いているということだった。

「昨日の一日は文治さん、県議会で一般質問をすることになってたんですけど、この騒ぎで取り消して欠席したって」

四十年配の仲居は水商売の人間にあるにおいを感じたらしく、どこで何をしているか訊ねると、時に「東京の女給さんはきれいねえ」と目を丸くした。

「修治さんはこちらの人と結納を済ませたばかりだったそうですが、そんな幸せなときにどうしてこんな事件を起こしたんでしょうか」

「ああ、相手はこの浜町の『おもたか』って店の芸妓。紅子っていうの。本名は確か——初世ね。弘前高校のときに親しくなって、とうとう結婚するってことになったのよ。でも反対されて、ついこの十月には紅子が東京に出奔する騒ぎまであったのよ。それでまあ芸者とどうのこうのなんて昔からよくあることですからね、結局は大目に見ようということになったんでしょ。でも、こっちではそれなりの子でも、東京のきれいな女給さんを見たらびっくりして、それで嫌になったのかもしれないね」

　仲居は、ははは、と笑った。芙美子は、

「その結婚が嫌で、別な女性と心中しようとしたなら、一応、話の筋は通るわね」

「やだあ、お姉さん、そんなのは表向きよ」仲居のほうが芙美子より随分年上なのに、時の言い方に合わせてそう呼び始めた。「あの家の力をもってすれば、芸者の一人や二人、手を切ろうと思ったら簡単よ。自分でやらなくたって、すごい番頭みたいな遣り手がすべて片づけてくれるわよ」

　芙美子は中俣の顔を思い浮かべた。仲居は続けて、

「そんな結婚問題なんか、大した問題じゃないの。要はアカの問題よ。文治さんは政友会だから、絶対許すことなんかできない。修治さんは相当危ないところまで手を染めていて、追いつめられていたのね。もともとお坊ちゃんの道楽で、思想なんかないんだから。死にたくもなるわ」

　やはり、そうか。芙美子はたい子に事前に聞いておいてよかったと思った。

　芙美子が鎌倉からいったん上落合の家に戻ったとき、たい子がちょうど遊びに来ていて、女給事件の顛末を聞きたくてうずうずして待っていた。それで社会主義運動に詳しいたい

子から現在の共産党の状況を聞くことができた。

　政友会の田中義一内閣の下、昭和三年の三・一五事件、四年の四・一六事件による検挙で、共産党は壊滅状態になる。そして二十三歳で再建共産党の委員長になったのが田中清玄。田中は弘前高校から東京帝大と、津島修治と全く同じコースで、修治は相当強力なオルグを受けていたのではないか、とたい子は言っていた。金持ちの修治は資金提供をしていただろう。田中は激しい武装闘争路線で知られ、今年二月には和歌山で官憲との銃撃戦まで起こしていた。責任を感じた田中の母親が自決する事態になったのは、芙美子も覚えていた。田中は七月に逮捕されたものの、地下に潜った他のメンバーは変わらず修治を頼っていたのではないか、という。大正十四年に公布された治安維持法は昭和三年に緊急勅令で改正され、直接に非合法活動をしていなくても、シンパ層にも適用できるようになっていた。それを修治は認識していたどうかは怪しく、兄の文治は政友会の政治家だから当然それを知っており、修治の行動に相当な危機感を持っていたのではないかというのがたい子の意見だった。

「ということは、共産党の手を逃れるために、心中事件を起こしたってこと？　仲居さん、すごい洞察力ね」

「あら、誰にでも聞いてごらんなさい。みんな、そう言うわよ」

## 5

翌三日朝、金木町の津島邸を訪ねることにした。主の文治は自宅で謹慎しているに違いない。話を聞ければ、きっと事件の全容が見えてくる。

津軽半島を横断して青森と金木を直線で結ぶ交通手段はない。幸い今夏に津軽鉄道が開業したので、遠回りだが奥羽本線、五能線、津軽鉄道と乗り換えていけばいい。岩木山という末広がりの円錐形の山が美しく雪化粧して、道中ずっと車窓から見えていた。

仲居さんが持たせてくれたおにぎりを食べたところで芙美子は気が変わり、川部駅で五能線に乗り換えず、そのまま弘前まで行った。その日は弘前で情報収集をして回り、弘前に泊まった。

そうして次の四日朝、できたばかりの金木駅に着いた。

歩き出すとすぐ、東京駅を思わせる赤い煉瓦塀に囲まれた、寺の建物のように大きな屋根が見えてきた。

部屋数がいくつあるのか想像もつかない巨大な木造の二階建てが、肥え太った四角い姿で聳えている。母屋のほかにも大きな蔵がいくつも並んでいる。邸宅の前には物見櫓のある警察署が建っている。駅も警察署もこの屋敷のために造られたのだろう。

「姉さん、家の中に銀行まであるわよ」中をのぞくと『金木銀行』の看板があって、人が出入りしている。「こんなに人がたくさんいて、取り次いでくれるかしら。ていよく追い返されるんじゃないかしら」

「お兄さんの英治さんとか中俣とか、主力は東京に行ってるから大丈夫よ」

芙美子は玄関の詰め所のようなところにいた使用人の男に、東京から来た自分らのことを簡単に説明し、

「鎌倉で英治さんと中俣さんにお会いしまして、言伝てを預かって参りました」

と文治への取り次ぎを頼んだ。「鎌倉」と聞いただけで男は敏感に反応し、「ちょっとお待ちを」と中に入っていった。

しばらくして男が戻ってくると、

「どうぞ、こちらへ」

と案内された。

重々しい造りの階段を二階に上がっていく。地元の高級木材をふんだんに使っているようだ。「まるで鹿鳴館ね」「和洋折衷というか、おかしな建物」二人はひそひそと囁き合った。シャンデリアの下がった洋間に通された。ヨーロッパの宮廷風の椅子に座って、長く

待たされた。

「これはわざわざ遠い所を」

　仕立てのいい暖かそうな背広を着た文治が入ってきた。着物でないのが意外な気がした。恵風園で見た修治よりもっと目鼻立ちの整った西洋的な美男で、人当たりもよさそうだった。もっとも修治は死にかけていたのだから病的だったのは当然かもしれない。

「大変立派なお宅でびっくりいたしました。お部屋はいくつございますの」

「大したことはありません。階下に十一室、二階に八室ありますが、ご覧のように仕事場も兼ねてますし、働いている人間も多いですから。それはそうと、鎌倉ばかりでなく、こんな所まで苦労して来られたというのは何か」

「やっぱり、中俣さんから報告は来てるんですね」

「ふふ、まあ」

「それなら話は早いですわ。正直申し上げて、私たち、心中ということに疑問を持っているんです」

「といいますと」

「二人とも死んだというなら、まだ諦めもします。私たちの身内同然の花ちゃんだけが一人死んでるんですもの。黙ってみているわけにはいきません。疑問に答えていただきたいわ」芙美子はあつみと面識もないのだが〝身内同然〟と誇大に強調した。

「よろしいでしょう。なんなりと」

「修治さんは結婚話が進行中で結納の段階だったと聞きます。でも相手は失礼ですけど、芸者さん上がりだったとか。そういうことでしたら、こちらの実家とは随分ぎくしゃくしていたでしょうね」

「修治は分家除籍にしました」

「えっ。縁を切ったということですか。それはいつのことですか」

「先月、十一月の上旬ですね。私が上京して言い渡しました」

「それで悲観して……ということですか」

「そうかもしれません。そうだとすると私にも責任があります」

「しかし、悲観してその人と、というなら分かります。それが通常の心中でしょう。別の人と、というのはどういうことですか」

「さあ……。初世——その結婚相手ですが——は青森にいましたから。たまたま知り合った人とそういうことになったんでしょう。そうとしか言いようがありません」

「でもなんかおかしいですねぇ。十月には初世さんを手引きして上京させたっていうじゃないですか。それほど執着していた人を、分家除籍されたとはいえ、結婚を認めてもらったわけですよね。これとは別に、なんか急いで不祥事を起こさねばならない事情があったんじゃないですか」

　文治は端正な顔を歪ませ、

「一体なんのことですか！」

「弘前高校はかなり左翼運動が盛んだと聞いています。修治さんも文学的な方向から関心を持ち、『細胞文藝』なんて同人誌を出して関わっていった。それから帝大に進学されたわけですが、折しも共産党が大規模な弾圧を受けてほとんどの活動家がいなくなり、図らずも弘前高校から東京帝大に進んだメンバーが党の再建を進める中心になってしまった。修治さんはかなり強烈な勧誘を受けて苦しんでいたんじゃないですか。資金ばかりでなくアジトの提供も求められる。そうなると自分の身も危ない。本人はプロレタリア文学の持つ新しさや力強さから何かを学ぼうと、それしか関心はなかったんですから、それ以上の関わりは避けたい。もちろんお兄さんも共産党から手を引かせたい。だが、容易に訣別できる相手ではない。ただ小説家になりたいだけの弱い人間だと印象づけるにはどうしたらいいか。二人で十一月上旬に会ったときに、ひと芝居打とうと話し合ったんじゃありませんか」

「想像はご自由ですが、田辺あつみさんという人までどうやって芝居に参加させることができるんですか」

「これだけの経済力ですもの。心中のふりをしてくれればいい、とお金で頼んだのかもしれません。でも、修治さんは内心、女は死んでもかまわないと思っていたでしょう。あとで怪しまれないためには薬を同量飲む必要があった。自分は高校時代の自殺未遂でも使った薬であまり効かなくなっているが、初めて飲む人間は死ぬ可能性がある。だから、相手は初世さんではいけなかったんでしょう。実家から義絶されたということで、まず、糧道を断たれたということを強く共産党員に印象づける。さらに心中事件で警察沙汰を起こして党活動ができるような人間ではないと示す二段構えの作戦です。鎌倉には言いなりに動く刑事もいれば、姉夫婦もいる。鎌倉で事件を起こすという申し合わせがあったんじゃありませんか」

芙美子はありったけの思いを文治にぶつけた。

「それでどうしろと。殺人罪で自首でもしろ、というんですか」

「もちろんです。未必の故意です。少なくとも過失致死罪には問われるべきです」

文治は黙っている。

そこに使用人の男が慌ただしくやってきた。

「旦那様、電報です」

開いてそれを見た文治は、顔を輝かせた。

「修治は起訴猶予になりました」

「起訴猶予って」それまで黙っていた時が訊いた。

「裁判にさえならないということです。無罪より軽い」

「どういうことですか。もっと詳しく」芙美子は呻くように言った。

「ちょっと電話で訊いてみましょう」

そう言って文治は席を外した。

「あの刑事に訊くんだわ」時は言った。でも、もうそれはどうでもいいことだった。負けた、芙美子は思った。あれから何日だ。きょうは十二月四日だから、鎌倉を出て四日目。もう少し余裕があると思ったが、敵はあれから素早くことを進めたらしい。修治の取り調べなどはちゃんとやったんだろうか。

文治が戻ってきて、

「修治は回復してから、鎌倉署で自殺幇助の疑いで取り調べを受けましたが、二人とも同量のカルモチンを嚥下していたことと、修治が胸部を患っていたことから、厭世による心中自殺と判断されました」

「花ちゃんのことはこいつらの頭の中から欠落している」芙美子は呆然としてそう思った。

文治は立ったまま、

「われわれは確かに共産党問題にはほとほと困っていました。十一月上旬に二人で話したとき、修治は自分らしいやり方で解決します、と。それだけを私に言いました。あとは本人に聞いてください」

そう言って応接室を出ていった。

## 6

二人はまた長い時間かけて東京に帰った。

翌日の午後遅く東京駅に着くと、芙美子は、

「時ちゃん、あなた、これからどうする」

「ホリウッド、ずいぶん休んだから、きょうは出ようかしら」

「まあ若いのね。私、へとへと」

「きついけど、稼がないと、暮らしていけないわ」

「そうね、ここから目の前だしね。でも、このまま別れるのも寂しくて嫌だわ。まだちょっと時間あるから、私も銀ブラするわ。コーヒーでも飲もうよ。近頃よく行く珈琲店が松

屋の並びにあるの。おいしいブラジルコーヒーが十銭で飲めるのよ」

「あら、松屋ならホリウッドのすぐそばだわ」

銀座を歩いてみると、あらためてカフェーだらけなのに驚く。ちょうど『改造』からカフェーについて何か書いてくれと頼まれているので、芙美子はきょろきょろして歩いた。バッカス、ユニオン、アスター、銀座會館……。銀座會館屋上の電気風車のネオンサインはさすがにこの時間回っていないが、「昼間のオチップサービス和洋定食一円」と張り紙がしてあってしっかり営業はしているらしい。

細い眉に大きく塗った口紅、フェルトの〝おかま帽〟と派手な柄の洋装で衆目を驚かせたモガたちは警視庁の風俗規制でほとんど姿を消していた。しかし、着物に日本髪の女性たちは激減し、銀座を歩く女性たちはみな断髪で洋服になっている。

クロネコ、オリンピック、キリン、フジ、赤玉、モスコー、ナナ、エスキモー、モナミ、ノクタウン、不二家、コロンバン、タイガー、サロン春……。

「名前だけでも面白いわね」

「そおお？」時は見飽きたのか関心なさそうだ。

ここら一帯が日が沈めば、三原色のネオンサインに燦めくのだ。世間は昭和恐慌だと騒いでいるが、カフェーだけは儲かって東京じゅうでにぎわっている。数え切れない花ちゃんや時ちゃんや弓ちゃんたちが、ぺらぺらの人絹に白いエプロンをして客に「ねえ」と酒や料理をせびっているのだ。食い逃げされても酔っぱらいが物を壊しても全部女給が弁償するのだから、店が儲かる道理だ。

ブラジルサンパウロ州政府珈琲局直営という「ブラジレイロ」の前に着いた。ここの地下も美人座というカフェーで、ジャズの音が騒がしく聞こえてくる。

「なんかコーヒーって気分じゃなくなったわね。どっかで一杯飲もうよ」

「あら、姉さん、元気出てきたのね」

「やっぱり、飲まなきゃやってられないわ、今度のこと」

また少し歩いて、「宮うち」という小料理屋に入った。主人が詩人で、文士の来る店だった。

芙美子は日本酒の熱燗をきゅーっと飲んだ。

「ふーっ、人心地がついたわ。ねえ、ご主人、鎌倉の七里ヶ浜で心中事件あったでしょ」

「ああ、一週間ほど前ですかね、ありましたね」

「あれ、その後、新聞に出てる?」

「いえ、出てないんじゃないですか。だってあれ、心中っていっても学生のほうは助かったんでしょ。茶番みたいな事件ですからね」

「だからこそ怪しいでしょう？　死んだほうの女給がこっちの子の知り合いでね。ひょっとしたら殺されたんじゃないかと思って調べたけど、男は起訴猶予だって」

主人は愛想は何も言わない人だが、青森まで行って調べたと聞いてさすがに目を丸くしていた。

「ご主人、最近何かいい詩できたあ？」

芙美子は疲れのせいか、酔いの回りが早いのを感じた。時は後から仕事で飲まないといけないので、ビールをちびちびやっていた。

「ひとつ気に入ったのがあります」

「あら、そう！　それ教えて」

主人は帳場からノートを持ってきて、読み上げた。

花の命は短くて
うつろいやすき
ものなれば
今宵ひとよのなさけにも
散らずやと

問うなかれ

芙美子は目をつぶって聞いていたが、

「花の命は短くて……か、いいわねえ、今の私たちの気持ちにぴったりだわ」

「花ちゃんのことみたい、だもんね」時が口を挟んだ。

「ご主人、この『花の命は短くて』ってところだけ、もらっていいかしら。私、いい文句、思いついたわ」

「かまいませんよ」

主人は色紙を出してきて、筆と一緒に芙美子に差し出した。

「まあ、私も文士の仲間入りね」

芙美子は店に飾ってある川端康成らの額に目をやった。そして、すらすらと色紙に筆をすべらせた。

花のいのちは
みじかくて
苦しきことのみ

多かりき

「まあ、姉さんらしい、おおらかな、いい字ねえ」

「これを私の一生のテーマソングにする。色紙を出されたら、これからずっと書き続けるわ」

「それ、すごく、いい考えだわ。花ちゃんを殺した犯人へのメッセージになるね」

探偵小説の好きな時が、しゃれた言葉を使った。

## 7

昭和五年は暮れようとしていた。

この年は芙美子にとって『放浪記』がベストセラーとなり晴れて作家の仲間入りができた記念すべき年だったが、そのことによって一人の優れた文学者と知り合うことができたのもうれしかった。

『放浪記』の出版祝賀会に井伏鱒二が来てくれたのだ。井伏は三十二歳、新進気鋭の注目株だった。

四月に反プロレタリア文学の作家たち三十人余りが集まって新興芸術派倶楽部を旗揚げした。その一人である井伏は新潮社の「新興芸術派叢書」から初めての作品集『夜ふけと梅の花』を出していた。さらに、改造社の「新鋭文学叢書」から、第二作品集『なつかしき現実』を『放浪記』と同じ七月に出すことになった。そのつながりで出席したのだ。「新鋭文学叢書」はモダニズムを標榜する「新興芸術派叢書」と違い、プロレタリア文学系の作品も入っていた。しかし、芙美子は貧乏と男に苦しめられる若い女を描いたが、プロレタリア文学を書いたつもりは毛頭ない。「奥の細道」のような日本文学の漂泊の伝統を継いだつもりでいた。だから、モダニズム文学運動のほうに関心があったので、井伏に積極的に近づいていった。

話をしてみると、井伏の出身は広島の福山で、芙美子の第二の故郷、尾道の隣だった。もっとびっくりしたのは因島の話になったことだ。井伏は早稲田大学時代に教授と馬が合わず、休学して因島の医者の家に半年近く逗留したことがあった。因島といえば、芙美子が尾道から東京まで追いかけた「島の男」の地元だ。そして『放浪記』には書いていない、とんでもない後日談があった。芙美子が六敏《ろくびん》と結婚してから、「島の男」が訪ねてきたのだ。芙美子がまだ独身だと思ってのことだ。困った芙美子は男を親類の者ということにして夫に会わせた。いきがかり上、男は自分の故郷に遊びに来てほしいと誘い、夫はぜひ行きましょうということになってしまう。こうして昭和二年七月、芙美子は本当に六敏とともに因島を訪ねた。そこで男のあまり幸せそうでもない家庭を見るはめになった。そんな思いを去来させながら、芙美子は井伏と話し込んでいた。

昭和六年が明けると、芙美子は朝日新聞に小説を連載するが、満足のいく作品にはならなかった。一方、「放浪記」の人気は衰えることなく、芙美子は講演会であちこちに呼ばれた。サインを求められると必ず、「花のいのちはみじかくて苦しきことのみ多かりき芙美子」と書いた。

そんなころ、井伏から、因島時代に逗留した医者の跡取り息子がまだ医大在学中の若さで二月に病死したので墓参りに行くつもりだという話を聞き、芙美子は一計を案じた。尾道市立高等女学校時代の恩師に手紙を出した。

「井伏鱒二氏が、福山へ帰省なさいますので、私も、急に尾道が見たくなり、尾道で講演いたしたく思いますが、講堂はかりられましょうか」

ところが、学校側は女生徒の教育上よろしくないと断ってきた。芙美子が『放浪記』に尾道で出会った因島の男と恋愛し、東京の大学へ進学したのを追いかけていって妊娠までするものの裏切られ捨てられてしまった話を書いた、というのは地元では有名だったのである。

しかし、実はこれは半ば本当、半ば嘘だった。トルストイ「復活」の主人公カチューシャが大学生に遊ばれて妊娠した揚げ句、捨てられるという話を自分の体験に混ぜ合わせて創作したものだ。芙美子は妊娠などしていなかった。雑司ヶ谷の墓地で、墓石に腹を「ドシンドシン」ぶつけて流産しようとするシーンなど作り話だったのだが、世間はそうは思ってくれない。

芙美子は返事に、「思想的に云々　どうも、お役人と言うものは、肉親の愛情はかけているらしい。子供が親のところでしゃべりたいのは当たり前じゃないでしょうかね」と恨み言を書きつつ、「私のおさない日を、話してみたいきりです。会場、どこでも結構です」と再度頼み込んだ。

こうしてようやく四月二十八日、尾道商業会議所議事堂を会場に講演会が行われた。井伏は「チェホフを語る」、芙美子は「彼女たちへ」と題して話した。尾道の山手では成功した商人が別宅を建てるのが流行っているそうで、建築中の大きな家がいくつも斜面に見え、町は活気があった。

芙美子は翌二十九日、井伏と一緒に因島へ渡った。

尾道の対岸にぐっと迫っているのが向島。間を隔てる瀬戸内海も川幅くらいしかない。造船所とその周りに住宅が連なって、なかなかにぎやかな町並みだ。

大小さまざまな船がひっきりなしに行き交っている。向島のすぐ後ろに因島が見えてきた。渡船の甲板で潮風に吹かれながら、井伏は気持ちよさそうに、

「因島は蜜柑とウイキョウの栽培が盛んですなあ。あと、除虫菊も。でも、農業だけじゃない。今見た向島よりさらに大きな日立の造船所がありますよ」

芙美子はそんなことは知っていたが、黙っていた。「島の男」はそこに勤めているのだ。

因島に着くと、井伏は、

「墓参りの前に、村上水軍の城址を案内しましょう。医者の家の裏山なんです」

と言った。

蜜柑畑の間の坂道を登っていった。やや太り気味の井伏はふうふう言って歩いている。

ようやく頂上に出ると井伏は、

「もう、へとへとですわ」

そう言って、座り込んだ。

「でも、眺めがいいわあ」

芙美子は四方すべての海岸が見える景色に感嘆した。

「海賊だから一番見通しの利く所に城を造ったんでしょうな」

井伏はふと思いついたように、

「林さんが書く、あのサイン。花のいのちはみじかくて……ですか、あれはどういう謂われのものです」

「謂われ、というか、話せば長いんですけど」

芙美子は昨年十一月末に鎌倉七里ヶ浜であった心中事件で助かった男が起訴猶予処分になったのが納得がいかず、「花ちゃん」の無念を思って書いているのだと説明した。

「その男、知ってますよ」

「えっ」

「これも去年のことですがね。その津島修治という大学に入りたての男が私に手紙をよこして、会ってくれなければ自殺すると脅してきたんですよ」

「まあ」

「それでしょうがないから、神田区須田町の作品社の場所を教えてやりました。来ましたよ。五月でしたね。さっそく久留米絣の懐から原稿用紙を出して、読んでくれと言うんです。そしたらちょうどそのころ私が書いていた作品のそっくり真似事でしたね」

「私が弘前でいろいろ話を聞いて回ったところでは、高校では盛んにプロレタリア文学を書いていたということでしたが」

「私のところに来るようなら、プロレタリア文学じゃないでしょうな。転向したんでしょう」井伏は、ははは、と笑った。
「なるほど、やっぱり。東京では弘前高校卒業生から共産党にしつこく誘われて困ってい
た形跡があるんです。それを逃れるためにああいう事件を起こしたのではないか、と私は
見ているんですけど」
「そう、それからしばらくしてあの事件でしょう。驚きましたよ。私も動機は何だろうと
考えましたが、手紙に『会ってくれなければ自殺する』なんてあったでしょう、だから、
死にたがる性癖のある男なんだろうと考えるしかありませんでしたね。しかし、そういう
背景があるのかもしれませんね」
　それから二人は医者の家へ向かって山を下りていった。
「花のいのちはみじかくて、か。いい言葉です。しかし、あの男はそのことに気づくかな。
気づいたとしてもそれくらいで苦しむような男じゃない」
「ふふ。そうかもしれません。でも、私はあの言葉を書き続けていこうと思うんです」
　墓参りを終えて、再び渡船で尾道に帰るとき、医師の家族ら十人ほどが岸壁で見送った。
船が汽笛を鳴らして動き出すと、皆が口々に「さようなら、さようなら」と叫びながら手
を振った。
　芙美子はそれを見ていると、別れた「島の男」のことや死んだ花ちゃんのことが頭に甦

ってきた。

「井伏さん、さよならだけが人生よねえ」

芙美子は感情が高ぶってきて、号泣してしまった。井伏は黙ってうなずいていた。

8

昭和六年六月には浅草の人気劇団「カジノ・フォーリー」が「放浪記」を上演した。しかし、芙美子は「放浪記」で終わってはならなかった。「花のいのちはみじかくて」のメッセージが世に行き渡るためには、一発屋で終わらず人気作家であり続けなければならない。

無名だった芙美子の原稿を「放浪記」と題して最初に掲載してくれた雑誌『女人藝術』の長谷川時雨女史から、パリに絵の修業に行っている妹の話を聞いた。

今パリには何と言っても藤田嗣治《つぐはる》がいる。大正年間にすでにパリ画壇の寵児となり、レジオン・ドヌール勲章を受けていた。「エコール・ド・パリ」という最も注目を集める画家グループの中心に日本人がいるというのは信じられないような誇らしいことだった。一昨年には日本に凱旋し、やっかみ半分の誹謗中傷も聞かれたが個展は大成功した。芙美子も日本橋三越に見に行き、有名な「乳白色の肌」はもとよりその確かな描写力に感嘆した。その弟子筋にあたり芙美子と同年代の海老原喜之助という有望な絵描きもパリにいるらしい。

それから以前『女人藝術』に作品を書いていた森美千代も、夫の金子光晴とともに今パリにいるのだった。

金子は大正十二年七月に詩集『こがね蟲』を出して詩壇を驚愕させたのだが、九月に関東大震災が起こってそんな高評価はどこかに消し飛んでしまった。翌年には森美千代と結婚するが、いったん狂った歯車は元に戻らなかった。遺産を使い果たし、家賃を払えずに借家を転々とする。決定的だったのは美千代の浮気で、この清算のため二人は昭和三年に日本を出て以来、もう三年も帰ってきていない。

二人の放浪生活は貧しさで壮絶らしかったが、芙美子は羨ましくて仕方がなかった。家に帰ると六敏に言った。

「ねえ、二人でパリに行きましょうよ」

「パリ?　『パリ放浪記』でも書くつもりかい」

「この際、『パリ放浪記』どころか、『万国放浪記』よ!　パリ行きの途中で上海やシンガポールに寄るのよ」

「いくら『放浪記』が儲かったからって、二人分の旅費や滞在費は無理だろう」

「お金がなくなったら、あなたの絵を売って暮らせばいいわ」

「そんな。ぼくのは売れないよ」

「私は歌を歌うわよ。路上でもどこでも恥ずかしくないわ。それでお金を帽子かなんかに入れてもらうの。金子さんだってやってるんだから大丈夫よ」

「あー、あの夫婦か。あれは二人とも豪傑だから。でもぼくは凡人だから駄目だ。君一人で行ってきていいから」

「パリで藤田嗣治に会えるわよ」

「会わなくていいよ、別に」

芙美子は覇気のない六敏に腹を立てた。

「そんなこと言ったら、ほんとに一人で行くわよ」

「いいよ。君なら大丈夫だ。一人でもやっていける」

パリにいる日本人たちは、ずいぶん破天荒で面白い生活を送っているらしい。大正の末、白山のレストラン「南天堂」でアナーキスト詩人たちと送った貧しくも自由な日々と似たものを感じた。窮屈になる一方の日本にはもう二度とあんな時代は来ないだろう。そう思うと芙美子は、どうしてもパリに行きたくなった。藤田嗣治が「パリで生きていくには、あくまで日本人であることだ。フランスかぶれのした日本人などフランス人には何の興味もないんだ」と話していると聞いて感心し、パリの街を着物に下駄で歩いたら愉快だろうと思った。

そうは言ってもやはり、断髪に洋装で行くことにした。これでロイド眼鏡のような丸い眼鏡を掛けると、自分でも噴き出しそうになるほど藤田嗣治そっくりだった。

九月十八日に満洲で日中両軍が衝突し、満洲事変と呼ばれた。関東軍はわずか四日で南満洲の主要都市を占領した。十月に東京日日新聞が「守れ満蒙、帝国の生命線」という特集を組んでから、「生命線」という言葉が流行っていた。芙美子はそんな満洲を通って、ソ連経由でパリへ行くことにした。止める人は多かったが、前年に満洲は回っていたから大丈夫だと答えた。なにより日本の生命線とやらを作家の目で見てやろうと思った。十一月、満洲に渡ってみると想像以上の緊張状態で、モスクワまで鉄道旅行する日本人など誰もいなかった。芙美子は満洲の領事からモスクワの大使に宛てた外交書類を託される始末だった。

ところが、パリに着いてみると、藤田嗣治は少し前にブラジルに発っており、金子光晴はブリュッセルから東南アジアへ渡っていた。それでも芙美子は未練がましく在パリの日本人に尋ねて、藤田や金子が暮らしたと同じダゲール二十二番の部屋に住んだ。

ある日、激しくノックする音が聞こえて、出てみると、髪がぼさぼさで貧相ななりをしたフランス人の男が立っていた。

男は芙美子を見るといきなり早口でべらべらとしゃべり始めた。「フジタ」という言葉だけが聞き取れた。

「もっとゆっくりしゃべって！」

芙美子は叫んだ。夜学のフランス語学校には通っているが、そう簡単には上達しない。すると男は大幅に話すスピードを落としたばかりか、難しそうな言葉は英語に置き換えてくれた。

「ぼくはシャイム・スーティンです。フジタの友達です。フジタはいますか」

「あの人は南米に行ったそうよ。友達なのに知らないの」

「ああ、ぼくは最近までシャルトルにいたので知りませんでした。モンパルナスにいたころはとっても仲がよかったんです」

スーティンはがっかりした様子だった。外人の年齢はよく分からないが、おそらく四十前くらい。藤田よりは若い。ぼんやりとした顔をしていて、悪い人間ではなさそうだった。

芙美子は部屋の中に入れて、穏やかに話し始めた。

「あなたも画家なの」

「そうです」スーティンはうれしそうに笑って、「ぼくのアトリエに来ますか」

芙美子は喜んで付いていくことにした。

道々、スーティンは自分のことを語った。

「ぼくは帝政ロシアで生まれたんだ——革命があってからリトアニアとして独立した所だ——そこで生まれたユダヤ人なんだ。十一人兄弟の十番目なんだよ、すごいだろう。家は貧しかったし、ぼくは体が強くなくて邪魔者だったから、画家になろうと思って二十歳のときパリに出てきた。絵は全然売れなかったけど、モディリアニとフジタが親切にしてくれるんでなんとか画家を続けてこれた。最近少しは売れるようになったんだよ」

驚くべきアトリエだった。

死んだウサギや牛の肉が吊るしてある。

スーティンはふふ、と笑って、

「ぼくは、肉屋のスーティンと呼ばれてるんだ」

そうして、これ、これ、とウサギの油絵を出して見せた。

縦長のキャンバスいっぱいに、皮を剝がされ逆さに吊られたウサギが描かれていた。アトリエの実物を見ながらデッサンしたのだろうが、荒々しい筆遣いによって裸の肉の痛々しさが実物とは比較にならないほど訴えかけてくる。画家の内面を見るようだった。ユダヤ人だから磔刑のキリストは描かないのだろうが、紛れもなくそれを連想させながら、ある意味さらに無残な自画像という気がした。

「すごいわ。とってもいい」

芙美子は心から感嘆していた。スーティンという画家の名前を聞いたことがなかったが、もしかしたらすごい人かもしれないと見直した。

「肉だけじゃないよ、もちろん」

自信作なのか縦一メートル、横六十センチほどのキャンバスを抱えてきて、テーブルに載せて芙美子のほうに向けて見せた。

「ラ・フォル……マッド・ウーマンさ」

どぎついまでの赤一色のコートに、緑色のとんがり帽子をかぶった女が座っている。背景はただ荒々しい筆遣いで絵の具が塗りたくられ、女の腰から上のアップだけが画面から迫ってくる。前屈みになって突き出された面長の顔は、ピエロのような滑稽さも感じさせるが、丸く見開かれたまま動かない瞳とぼさぼさの髪が正常ならざる底知れぬ内面を伝えているようでもある。

「マッド・ウーマン……、狂女」

絵の中に自分が座っている。この顔つき。鏡だ。絵の中の狂女が火の玉のような衝撃とともに自分に同化してきて、また絵の中に戻っていった。もうそこには離れがたいものが生まれていた。

「どうです」

スーティンは不思議そうに芙美子の顔を覗き込んだ。

「すごいとしか、言葉がありません。あの、お願いがあります。これ、売っていただけないかしら」

どんなに高くても工面して買おうと思った。

「ああ」スーティンは申し訳なさそうに、「これはもう日本人に売れました」

しかし芙美子はあきらめなかった。日本人の画商か収集家からどんなことをしても手に入れようと決めていた。自分にとって一生の絵であることが分かっていたからだ。

《私は狂女とならなければ、この暗い時代に女手一つ、夫も母も家の者もペン一本で養ってなどいけない。なりふりかまわぬ狂女でなければ、『放浪記』を超える作品を書くことはできない。そして狂女とならなければ、花ちゃんの敵を討つことはできない》

ところが数日間、野暮用が続いて、それからスーティンのアトリエを訪ねてみると、もうシャルトルへ引き揚げた後だった。

「しまった。『狂女』を買った日本人の名を聞いておくべきだった」

それから芙美子はパリ在住日本人の間を駆けずり回った。

ところが、みんなそもそもスーティンの名を知らないのだった。


日本に戻ってきたのは、翌七年六月だった。

八月には妙正寺川を渡っただけの下落合に引っ越した。小高い丘になっていて、芙美子は「ムウドンの丘」と呼ぶことにした。パリのムウドンには藤田嗣治と親交のある日本人の柔道家が道場を開いていて、よく遊びに行ったのだ。下落合のムウドンの丘に建つ家もまた、植民地の領事館みたいだと言われる洋館だった。

隣は空き家だったのだが、しばらくして夫婦と七人の子供という九人家族が引っ越してきた。ヒノキの垣根を越えて、子供たちはすぐに探検にやってきた。

台所の窓に六歳くらいの女の子がぶら下がって、ばあ、と言った。西洋人形のように綺麗な子だった。

「おばさま、何してるの」

「お料理を作ってるのよ」

帰ってからより一層パリへの憧憬が強くなっていたから、パリにまだ心を残している芙美子は、外人のような女の子の登場がたまらなくうれしかった。この子が欲しい。唐突にそう思った。七人もいるのだから、一人くらいいいだろうと単純にそう考えたのだ。

そして隣に出かけていった。

父親というのは四十歳ほどで、ひところ売れたことのある小説家、大泉黒石だった。ロシア人と日本人の間に生まれた人だ。

ロシア系。スーティンもロシア生まれだと言っていた。不思議な縁もあるものだ。あの可愛い女の子は苑《えん》ちゃんというのだったが、話してみると黒石はとんでもない子煩悩で、とてももらえるような様子はなく芙美子はあきらめた。庭を見ると、柿の木にブランコが吊ってあって、苑ちゃんがそれに乗って漕いでいた。

井伏鱒二がさっそく芙美子の洋館に遊びに来た。

井伏は樹木が好きで、家の庭には草花ではなく木を植えるべきだというのが持論だった。だから、庭の真ん中に大きな桃の木があるのを見てずいぶん喜んだ。

「桃は春のうちに枝を下ろしなさい」

などとしきりに講釈するのがあんまりうるさくて芙美子は、

「そういえば、あの帝大生はその後、井伏さんのところには来ます？」

と話題を変えた。

「それが最近ようやくけりがついたらしい」井伏はあらたまった口調になって、「彼に盛んに指令を出していた共産党の幹部が昨年秋に刑務所に入れられたんだが、それからも彼は金を送ったりしていたらしい。警察の目を恐れてあちこち引っ越しを繰り返していたんだが、この七月にとうとうそんな生活にたまりかねて青森警察署に自首したそうだ。今後は文学に精進いたしますので、またご指導ください、と手紙が来たよ」

「青森？　また、お兄さんの助けを借りたのね」

「うん、長兄の文治さんと一緒に出頭して、そのおかげか知らないが、二、三日の留置取り調べで済んだそうだ。まあ、あの世界もなかなか簡単に足を洗うことはできないだろうから、しょうがないさ。もともと共産主義者じゃないんだから、苦しかっただろう」

「そんなことなら、あの心中、いや殺人事件に意味はあったのかしら」

「どうしてもそこにこだわるんだね」

「そりゃ、そうですよ」

芙美子は、花の死がうやむやにされていくようで、あらためて腹が立った。

そんな話をしているところに苑ちゃんが垣根をくぐって遊びに来た。

井伏はその顔立ちにあれっと思ったらしく、

「この子は日本人かね」

そっと芙美子に聞いた。

「お父さんは大泉黒石さんって小説家。ご存じ」

「聞いたことはある」

「明治時代に大津事件ってありましたでしょ」

「ああ、大津でロシアの皇太子に日本の警官が斬りつけた事件」

「あのとき皇太子の随員で来た伯爵が、長崎で女性を見初めて、その間に生まれたのが黒石さんなんですって」

「へえ、そうかい」


昭和八年になってしばらくしてから、井伏が再び芙美子のもとに遊びに来た。まだ肌寒かったが、井伏の好きな木を眺めながら庭で話をした。桜やアカシア、ポプラが家を囲んでいる。

「小林多喜二が築地警察署で死んだっていうじゃないか」

「ええ、逮捕されたその日に拷問されて殺されたのよ」

「いよいよ、プロレタリア文学も終わりだな」

「あの学生は早く自首してよかったのね」

芙美子はふと、鎌倉署の室田刑事が公安の内部情報を事前につかんで自首を勧めた可能性もあると思った。

「そうそう、あの男がうちの近くに引っ越してきてねえ」

井伏はまんざら嫌でもなさそうに話し始めた。

「えっ、あの津島修治が」

「うん、太宰治というペンネームをつけて、小説を頑張ってるよ」

「ダザイ?」

「うん、太宰府の太宰。『大宰権帥《だざいのごんのそち》』の〝太宰〟というべきかな」

「変な名前ね。青森の人間がどうして九州にちなんだ名前を。まさか、私への当てつけかしら」

芙美子の本籍地はまだ鹿児島県鹿児島郡東桜島村古里三五六番地のままだった。林家は代々、鹿児島市中町で「紅屋」という薬屋を営んでいた。おそらく安永元年(一七七二)、藩主島津重豪《しげひで》の商人誘致策に応じて山形の紅花商人が城下に移住してきた末裔と思われる。ところが明治十年の西南戦争で城下一帯は灰燼に帰し、何もかも失った芙美子の祖父一家は対岸の桜島へ渡る。当時人気の温泉地だった古里で貸間業を始め、のちに旅館を持つまでになった。そこで少女のころから働いた芙美子の母キクは、三十を過ぎてから知り合った行商人と家を出た。こうして芙美子が生まれたのは下関だったが、実父が認知しなかったために、桜島の旅館を継いでいた叔父の戸籍に私生児として入ったのだ。

『放浪記』冒頭で「私は宿命的に放浪者である。私は古里を持たない」と高らかに宣言しているのはそのためだが、その一方で同じ主人公が上野の西郷隆盛の銅像に「貴方《あなた》と私は同じ郷里なのですよ。鹿児島が恋しいとはお思いになりませんか」などと語りかける。芙美子は読者を混乱させるのは頓着しない。話の整合性より面白さ、勢いが大事だと思っているからだ。ともあれ芙美子は、ほとんど暮らしたことのない鹿児島の出身として世間的には知られていた。

「まさか」

「でも、あの心中事件のときに、林芙美子という小説家が鎌倉や青森まで来て嗅ぎ回っていたというのは、当然お兄さんたちに聞いて知ってるわけでしょう」

「うん、もちろん私は林さんのことは一切口にしないが……。縁起の悪い名前をつけるのがいかにもあの男の露悪趣味だ。大宰権帥というのは、菅原道真もそうだけど、中央から左遷するときの官名だからね。それに罪に堕ちる『堕罪』もかけているんだろう」

「堕罪……。暗に人を殺した罪を認めているのかしら」

「またまた、そこに来るんだね。君は『花のいのち』であの男の罪を糾弾し、男のほうは

『太宰』と名乗って意趣返しってわけかい」井伏はあり得ないというように笑ったが、「しかし、そういえば……」

「どうなさったの」

「去年潜伏中には『落合一雄』と名乗っていたと言っておったなあ……」

「やっぱり！　落合だなんて、明らかに私への当てつけじゃないですか」

「うーん」

二人は下落合の高台から周囲を眺めた。川向こうには上落合の旧居が見える。その家には今、以前女中をしていた「花子」が暮らしているのも無気味な暗合だった。

「どんな指導をしてらっしゃるの」

「いや別に。一緒に将棋を指すだけだよ」

「将棋？」

「うん、よく原稿は持ってくるけどね。私は読むだけで何も言わない。それでも厭きずに次から次に書いて持ってくるね。そういえば、林さんの名前を出さずに、知人の家でロシア人の女の子を見た話をしたら、さっそくそのことを津軽の昔話に絡めた短編にして持ってきたよ」

それからしばらくして、ひょんなことから太宰と知り合った。

中井の駅前に「ワゴン」という幌馬車のような外観の小さな喫茶店ができた。萩原朔太郎の奥さんだった人がやっているというので行ってみた。ダンスに熱中しすぎて朔太郎に愛想を尽かされたという面白い人で、芙美子は駅の行き帰りに立ち寄るようになった。

そこにはよく長髪に着流しの文学青年三人組がたむろしていた。狭い店なので、その一人が太宰治だというのはじきに分かった。あのときの青白い美青年の印象とは違い、やけに鼻の大きな男だと思った。

年近くがたつ。事件直後、鎌倉の療養所でちらりと見てから三禅智内供の鼻。党のシンパ活動から解放されて晴れ晴れとしているらしく、よく響く声で話していた。芙美子と井伏鱒二とがいつも噂していることなど知らぬ様子だ。三人組で一番若い檀一雄というのが落合に住んでいるということだったので、これが「落合一雄」の由来だったかと芙美子は内心苦笑した。

太宰はいつも、くたびれた紺の絣に羽織を着ていた。汗をハンカチで拭いながらウイスキーをあおり、煙草をしきりにふかしては神経質に揉み消す。食べ物にはやたらに味の素をかける。心中するような鬱屈や苦悶は人前ではあまり見せないようだ。取り巻きがいるので、あらたまった話はできなかった。芙美子がこれみよがしに「花のいのちは……」の色紙を店内に飾ってもらっても、太宰はそ知らぬふりをしている。あまり平然としているので、これまでいろいろ疑ってきたことを「考え過ぎだったかな」と思うこともあった。

しかし、ある日、近くにいた太宰が急に、

「僕はあの人を殺しちゃいないいんだ」

と甘ったるい声で話しかけてきた。やはり気にはしていたらしい。芙美子はそれには取り合わず、

「どうして花ちゃんを選んだの。あなたにはあのとき、約束していた人がいたんでしょう」

と聞いた。

「僕はね、中学一年のとき国語の時間にこんな思い出があるんだ。教師が『花子さん』という小説をみんなに読んで聞かせた。終わると生徒はみんな感嘆して机をたたいた。それは僕の作品だったんだ。そのとき僕は自分が小説家になるべき宿命を知った」

檀一雄たちはじっと聞いている。

「でも、僕はいつだって死にたいんだ」

そうして太宰は高校卒業前の冬、多量のカルモチンを飲んで昏睡した話をした。芙美子はそれで一年後にカルモチンが効かなかったのだと合点がいったが、何も言わなかった。驚いていたのである。実は芙美子も高校卒業前に自殺騒ぎを起こしていた。化学の時間に

重クロム酸という劇薬が生徒たちの間を回覧されたとき、赤橙の結晶がきれいなので少々失敬した。それを友達と喧嘩したとき飲んでみせたのだ。あのとき自分にも「島の男」がいたけれども、別に死んでも構わないと思っていた。太宰という男をこんなに嫌ってきたけど、どこか似たところがあるのかもしれない。太宰は煙草を片手にしゃべり続けている。芙美子も煙草に火をつけた。

「あのとき僕が一緒に死ぬ相手は、銀座の花ちゃんじゃなきゃ、いけなかった。青森の初世じゃ駄目だったんだ」

「で、今はその初世さんと幸せに暮らしているわけね」

芙美子は皮肉たっぷりに言った。

「幸せ？　……か、どうか」

「また死にたくなってるの？」

「いや、今年は死なない。自殺が流行みたいになってるからね。今年死んだって、大勢のうちの一人になるだけだ」

伊豆大島の三原山で、ある女学生が一か月の間に二人の同窓生の自殺に立ち会うという事件が明らかになって以来、昭和八年は続々と人が大島を訪れ、三原山火口に投身自殺するという奇妙な現象が起きていた。

## 9

九月四日、三人の刑事が家にやってきた。

時計を見ると午前十時半だった。夫のときの経験で特高は早朝踏み込むものだと思っていたので、特高だとはすぐに分からなかった。

「林芙美子さんですね。署まで同行願えないでしょうか」

「何のことでしょう」

「いえ、大したことではありません。ちょっと確認したいことがありまして」

思い当たる節は何もなかったが、そう言われれば素直に行くしかない。さらに刑事たちは芙美子の書斎に入って、アルバムや手紙、手帳などめぼしいものを手際よく風呂敷に包んだ。やましいことがない以上、堂々とするしかない。夫と女中に断って家を出た。

中野警察署の二階が特高室だった。

刑事は、この一年間に誰かに寄付しなかったか、と訊いてきた。

これで芙美子は、自分が金を渡した人物が非合法活動に関係する人物だったのだということが分かった。

しかし、これは困った質問だった。芙美子はこの手の連中にある意味、慣れ切っていたのである。『放浪記』が売れてからというもの、たくさんの見知らぬ人たちが金を貰いに来た。多い日は三、四人も訪ねてきた。貧しくて食えないときにはお互い様とはじめは律儀に一円、二円と渡したが、だんだん不快になってきて、「林さんは今いませんよ」と嘘を言ったりした。写真からは実物がこんな小さな人間だとは思わないらしく、そう言うと諦めて帰っていく。それでも、時々は付き合いで金をやらざるを得なかった。だから「この一年間で誰か」と鎌をかけられても、漠然とし過ぎていて見当がつかない。

「分からんとはどういうことだ！」

いきなり怒鳴られた。

思い出しようもなく話が進まないので、午後は階下にある留置場に行かされた。看守は割と優しそうな初老の男だったが、「お前もお賽銭組だな」とそれだけ言った。房の格子の間から、青白い顔の光る眼がいくつも睨んでいる。刺すような臭気で鼻が痛い。

芙美子は房ではなく、隣り合った保護室に一人で入れられた。いくらかはましなのだろう。畳が敷いてあって、隅に粗末な衝立をして穴の中に便器が置いてあった。部屋の中に座っていると暑さで体が煮えてきそうだ。

若い雑役係が夕食に「箱弁」という朱塗りの箱を配った。中には飯と煮物とたくあんが入っている。この中身を蓋のほうに開け、本体に湯を注いでもらうのだ。芙美子は食べる気がしなかったが、他の人たちががつがつと食べ啜る騒々しい音が聞こえてくる。

八時にはもう就寝時間だ。毛布を一枚あてがわれたが、シベリア鉄道の寝台でさんざん南京虫に刺されたのを思い出して憂鬱になった。

〈私の運命に蒼馬は近づきつつあるのか……〉

横になると、芙美子は自作の詩「蒼馬を見たり」をつぶやいた。

めまぐるしい騒音よみな去れっ！
生長のない廃屋を囲む樹を縫って
蒼馬と遊ぼうか！
豊かなノスタルジアの中に
馬鹿！　馬鹿！　馬鹿！
私は留置場の窓に
遠い厩の匂いをかいだ。

ヨハネ黙示録に「蒼ざめたる馬」に乗る者の名は死である、という言葉がある。尾道時代に行商の義父が怪しげな化粧水を売って警察に捕まり、留置場に入ったことがあった。子供時代、あんな悲しいことはなかった。警察に捕まっただけで父はきっと死ぬと思ったのだ。母まで留置場に出かけてしまって、一人取り残された芙美子はたまらず留置場に駆けつけ、窓によじ登って中を覗こうとした。

あのときの厩のような匂い。皮肉なものだ。今ごろ夫から知らされて、今度は父母が自分のことを心配しているだろう。今年父母は上京し、近所に住み始めたばかりだ。

翌朝、「起床、起床」の声で起こされた。まだ暗い。起床は五時と聞いていた。無意識に腕を搔こうとして驚いた。ぱんぱんに腫れ上がっている。やられた。慌てて顔に触れると、でこぼこだ。

洗面、朝食をすませ、取調室に上がると、

「おや、ずいぶん南京虫にやられたね」

刑事はしらっとした顔で言った。

それから、こうこういう婦人を知らないか、と具体的な名前を挙げた。

それで芙美子ははっと思い出した。

「革命は近い時期にあるから、金銭を提供すれば革命後の取り扱いが考慮される」と馬鹿げたことを言ってきた女がいたのだ。もうずいぶん前のこと、昨年だったかもしれない。

「それで金をやったんだな」

隅の小さな机で別の若い警官が記録を取っている。

「そんなことは信じませんでしたが、生活に困っているのだろうと思って」

「共産党だというのは認識してたんだろう」

確かに、当時獄中にいた共産党の有名な理論家の名前を挙げて、その愛人だと称していた気がする。だが芙美子はそんなことも本気にはしていなかった。

「うるさいので追い払うつもりで出したんです」

刑事は、ふん、と言って、芙美子が一昨年にソ連に行った理由や現地での状況を事細かく聞いた。仕方がないので、大使館のためにひと仕事した話をすると刑事は、ほほう、と言って態度を急に軟化させた。そこでこの日の調べは終わった。

結局、芙美子は中野署に九日間拘留された。

その間、「はめられた」という思いがどんどん高まっていった。刑事に室田のことを聞いてみた。

「昭和五年に鎌倉署にいて、そのとき私と同じ二十七歳で、がっちりした体格の人でした」

刑事は「知らん」と言って、取り合わなかった。特高の刑事がそんなことをぺらぺら話すはずもなかったが、芙美子は放免されるときにはもう、あの青森の連中が今回の自分の検挙に荷担していることを確信していた。

井伏鱒二によると、津島修治、いや太宰治は昨年七月、青森警察署に自首し、書類送検となって十二月には青森検事局に出頭を命ぜられたという。あれだけ共産党のシンパ活動をやって拷問もされず許されたのは、今後非合法活動には決して関係しないと誓約書を提出したのはもちろん、なんらかの情報を密告したに違いない。

「そのついでに私への復讐を果たした……？」

芙美子は最も自分から遠い共産主義者と思われ、しかも下手すると死んだかもしれないのだ。あの男は私が小林多喜二のようになっても構わないと思っている。中井の「ワゴン」でもっと問い詰めるべきだった。花ちゃんという一人の人間が、あの男の故意か過失かで命を失っているのだ。半ば許す気になっていたのは、自分らしくなかった。

あとで知ったのだが、芙美子の四つ下で、妹のように可愛がっていた矢田津世子《つせこ》も芙美子より少し前の七月、共産党へのカンパという全く同じ容疑で戸塚署に検挙され、十日間の留置をうけて健康を損なっていた。

あの男に対抗するには「狂女」がどうしても必要だ。芙美子が聞いて回った結果、福島というパリに十年余りいて「エコール・ド・パリ」の画家たちの絵を買いまくってこのほど帰ってきた人がいるという耳寄りな情報をキャッチした。

さっそく福島に会いに行くと、果たせるかな「狂女」を持っていた。なんとか譲ってもらえないか、出せるかぎりの金は出すつもりだと頼んでみた。すると、この「狂女」は素晴らしいとは思うが、最近だんだんと疎ましくなってきていた。あなたが惚れ込んでパリからずっと追いかけているのなら手放してもいい、と言われて跳び上がって喜んだ。そして購入したのである。

# 第二章　花と葉

1

昭和十年になって、三月十七日のことだ。芙美子のところへ夫の六敏《ろくびん》が「井伏さんのことが出ているよ」と言って読売新聞の朝刊を持ってきた。「新進作家死の失踪？」という見出しの記事だ。

太宰治のペンネームで文壇に乗り出した杉並区天沼一ノ一三六東京帝大仏文科三年津島修治（二七）君は去る十五日午後友人の作家井伏鱒二氏と横浜へ遊びに行った帰路桜木町駅から飄然と姿を消したので十六日夜井伏氏から杉並署へ捜査願を出した。同君は故芥川龍之介氏を崇拝して居り或は死を選ぶのではないかと友人は心痛している。

「この男はまだ学生なのか。そして、またこんなことをしている」腹が立つと同時に、この男は書くために狂言を繰り返しているということが直感的に分かった。芙美子自身、まだ実体験から脱け切れていない。昨年は、かつての「島の男」の元を夫婦で訪ねて、そこに塵溜《ちりだめ》のような無惨な家庭を見るという酷い小説を書いた。芥川を崇拝しているこの男には、「地獄変」のように自分の芸術のためには娘に火をかけてそれを眺めるような危うさを感じる。経験したことしか書けない小説家ではいけない。芙美子はもう二度とそこに戻るまいと心に誓った。

それから数日して、井伏や檀一雄らが捜し回っている最中、太宰はひょっこり帰ってきたという。鎌倉山で縊死を企てたが、紐が切れて失敗したというのだ。芙美子は「鎌倉」と聞いてただならぬものを感じ、荻窪の井伏宅を訪ねることにした。

樹木のよさを力説する井伏の言葉どおり、家は板塀ではなく立派な生け垣を備えていた。

応接間に落ち着くと芙美子は、

「太宰さんの事件、大変でしたね」

「われわれが暗然としているところに、けろりとした顔で帰ってくるんだからね」しかし、井伏は腹を立てている様子でもなく、「新聞記事には私と横浜に行ったと書いていたが、そうじゃない。一緒だったのは小菅善太郎という親戚の若者だ」などとどうでもいい細かいことを話している。

「それにしても、どうしてまた鎌倉なんでしょう」

「ふむ」

井伏は立って、『日本浪漫派』の最新号を手にして戻ってきた。

「太宰がこんな作品を書いたんだ。今度の自殺未遂直前になる」

それは「道化の華」というタイトルで、冒頭にこうある。


僕はこの手もて、園を水にしづめた。僕は悪魔の傲慢さもて、われよみがへるとも園は死ね、と願つたのだ。


大庭葉蔵という主人公と、作者自身である「僕」との区別がはっきりせず、読みにくいことこの上ない。葉蔵は江の島近くの「袂ヶ浦」で心中を図ったが、漁船に助けられ、海辺の療養院に入っている。相手の園は、そのあと波打ち際で死体で発見された。これが小説の筋なのに、園を水に沈めて殺したのは「僕」だというのだ。

芙美子は愕然とし、

「これ、罪の告白かしら」

「さあ。あくまで小説だから。ぼくは創作だと思うが。判断は君に任せる」

「心中事件の真相を書き残し、現場の鎌倉で死者へのお詫びに首を吊る……」

「ま、そういう殊勝な人間じゃないと思うがね。帝大の落第が決まって、都新聞社を受けたんだが、それも落ちてしまって。ま、悲観して、と考えるのが順当だろう。ただ、自殺を企てるにあたってはストーリーをつくる人だから、鎌倉を選んだんだろうね」

「狂言に狂言を重ねる、と」

「この小説自体が変な二重構造を持っているだろう」

「『道化の〝はな〟』ってタイトルも気になる。『華』は『花』じゃないかしら。花ちゃんのこと」

「それはどうかな」

「本人に会います。家を教えてください」

「入院しているよ」

「えっ」

「腹が痛くて病院に行ったら盲腸炎で、すぐに入院して手術したんだが、腹膜炎を併発してよくないんだ」

「まあ、そう……」

「でも、文学への鼻息は荒いよ。今度、芥川龍之介賞が創設されるだろう。この『道化の華』で獲ってみせる、と病室で言っていたよ」

「この作品で?」

芙美子は『日本浪漫派』を借りて、家でじっくり読んでみることにした。くだらない小説だった。なにしろ、作者自身が文中に登場して、この作品は面白くないと語り始めるのだから保証付きだ。こんなものが新しいと考えているのか、芙美子には理解できなかった。小説家が小説を書くこと自体を題材にするようでは終わりだ。さらにはそのことまで種にして「ああ、作家は、おのれのすがたをむき出しにしてはいけない。それは作家の敗北である」だって！　この人には才能がない。こんなもので賞を獲ろうという自信に唖然とした。

自分自身を売り物にし出すと、こんなものを書くようになる。反面教師だ。自分ももう三十一歳。早く客観小説のスタイルを確立しなければ。いつまでも「放浪記の林芙美子」ではいけない。

そのとき、ある一文に衝撃を受けた。

　女がねえ、飛び込むまえに、田舎の言葉で話がしたいな、と言うのだ。女の国は南のはずれだよ。

これは！　花ちゃんの田舎は広島。「南のはずれ」ではない。「南のはずれ」鹿児島が田舎なのは、芙美子だ。

## 2

そんなこともあって、第一回の芥川龍之介賞の選考は芙美子も注目した。八月十日、受賞者は石川達三に決定した。『文藝春秋』九月号に「芥川龍之介賞経緯」が掲載され、それによると、太宰治も五人の最終候補者の中に入っていた。「道化の華」ではなく、「逆行」という作品でだった。よく読むと、選考委員の佐藤春夫が候補作にならなかった「道化の華」を持ち出して論議が紛糾したという。

同じく選考委員の川端康成は「なるほど『道化の華』の方が作者の生活や文学観を一杯に盛っているが、私見によれば、作者目下の生活に厭な雲ありて、才能の素直に発せざる憾みあった」と書いていた。

その頃、芙美子はもがき苦しんで「牡蠣」という作品を脱稿した。

芙美子は金魚が好きで、下落合の家でたくさん飼っていた。ランチュウのひらひらした尾を見ているとき、頭のおかしくなった男がその尾を引き裂くという話を思いついた。自分に似た人物は一人も登場しない、会心の小説が完成した。芙美子は自分の小説家としての展望が大きく開けていくのを感じていた。「牡蠣」は九月の『中央公論』に掲載された。そのあと文藝春秋社が発行する『文藝通信』十月号に、太宰の「川端康成へ」と呼び捨てにする激越な抗議文が載った。

「『作者目下の生活に厭な雲ありて、云々。』事実、私は憤怒に燃えた。幾夜も寝苦しい思いをした。小鳥を飼い、舞踏を見るのがそんなに立派な生活なのか。刺す。そうも思った。大悪党だと思った。」

芙美子は、その無礼さに驚いた。

「刺す？」

川端は太宰より十歳年長の三十七歳だった。芙美子は川端に同情した。川端とは少し面識があった。川端が東京帝大を卒業して同人誌『文藝時代』を始めたころ、芙美子は友人の友谷静栄と詩の冊子『二人』を出していたが、その友谷が『文藝時代』の編集を手伝うようになったのである。また、アナーキスト詩人の巣窟となっていた白山の南天堂でも川端らをよく見かけた。その後、川端や横光利一は「新感覚派」と呼ばれて文壇に地歩を築き、ファシズムがにらみを利かせる現在にあっては中堅作家として文芸復興に向けた大きな期待を担っていた。芥川賞の選考委員でも最年少だった。

芙美子はたまらず、中井駅前の「ワゴン」に駆け出していった。

ちょうど檀一雄がいた。

「あなた、これ見て。川端さんを刺す、って、まるでチンピラみたいに」芙美子は興奮して雑誌をテーブルに叩きつけた。「芥川賞を落とされたら大悪党呼ばわりするって、なんて醜い男なの」

檀は黙ってその雑誌の文章を読んでいたが、

「彼は麻薬中毒なんですよ」

諭すようにそう言った。

「麻薬？」

「例のおかしな縊死騒ぎのあと盲腸炎の手術をしたんですが、経過があまりよくなくて痛がるんで、医者が麻薬性鎮痛剤のパビナールを使ったんです。それで覚えたんですね。いまはもう退院して船橋にいるんですが、自分でパビナールを購入しては大量に打ってるんです。ひどいもんです。日に五十本注射しているという話もあります」

「そんな精神状態で、これを書いたと？」

「幻覚と妄想の真っ只中ですよ。確かにこの文章はひどいが、井伏さんあたりが症状を説明して回れば、さほど問題にならずにすむんじゃないでしょうか」

確かに川端康成が大人の対応をして、事態は収束した。

翌十一月号の『文藝通信』に、「太宰治氏へ芥川賞に就て」という一文を寄せたのだ。そこには、芥川賞各委員の判断は石川達三氏の「蒼氓」に五票、他の四作はいずれも一票か二票だったので、議論の入りこむ余地のない単純明快な決定であったことが書かれていた。つまり川端が太宰の受賞を妨害するとか、横やりを入れるというような接戦にはそもそもならなかったというわけだ。そして太宰が噛みついた問題の「生活に厭な雲云々」について、「不遜の暴言であるならば、私は潔く取消し、『道化の華』は後日太宰氏の作品集の出た時にでも、読み直してみたい」とあった。

「弁明する必要なんかないのに」

芙美子はそう憤慨して、わずかな面識を頼りに川端康成を訪ねることにした。

川端はこの騒ぎにうんざりしたせいかどうか、東京から鎌倉に転居していた。

芙美子は鎌倉は五年ぶりだった。

「どうして、また鎌倉なのかしら」

思わず苦笑してしまう。前回初めて鎌倉警察署を訪ねたときは鎌倉駅の目の前だったが、今度は駅から離れた浄明寺宅間ケ谷という所だった。芙美子は歩きには自信があるのでそれは苦にならなかったが、今回は同行者がいないのを寂しく思った。時は満洲に渡ってしまったのだ。

到着すると、その名の通り山間の谷間で、見晴らしの悪い所に三軒だけ家が並んでいた。芙美子は表札を確認して入っていった。

座敷に向かい合って端座すると川端は、

「こんな寂しい所までよくいらっしゃいました」

心に染み入るような声である。痩身に着物を少しの緩みもなく着て、それでいて髪の毛は苦悩に逆立っているように見えるさまは真の文士という感じがした。ぎょろりとした目に睨まれると普通の人は萎縮するだろうが、芙美子はお構いなしだ。いくらか緊張はしたものの、べらべらとしゃべり出した。

ちょうど舞台は同じ鎌倉で、その点では話しやすかった。

太宰が五年前に起こした心中事件、そして今年の自殺行という二度の新聞沙汰、さらには現在の麻薬常習について。

川端はじっと聞いていた。芙美子の話が終わったときに初めて、

「あなたとは共闘できそうですな」

ぽつりとつぶやいた。

芙美子は真意が伝わってほっとした。自分の孤独な戦いをこの人にだけは分かってもらいたかった。

「それにしても」芙美子は憤懣やるかたなく続けた。「麻薬のせいかどうか知りませんけど、文壇の先輩に対して新人作家が『刺す』とか『大悪党』だとか許せません。どうしてもっと厳しく処分なさらないんですか」

川端は着物の袂に両手を入れて組み、しばらく考えていたが、

「井伏さん……井伏鱒二さん、あの人はぼくより一つだけ上だが、芥川賞の選考の前にぼくのところにやってきてね。太宰の『道化の華』に受賞させてくれないか、と言うんだ」

「えっ。太宰に頼まれて？」

「ま、もちろんそうだろう。太宰の人生は八方塞がりで、金と名誉が必要だというんだね。それを今与えてくれればあの男はきっと開花する。才能は太鼓判を押す。恥はかかせないと頭を下げるんだよ」

「まあ」

「ぼくはそういう泣き落としは大嫌いだ。だから、あくまで作品で判断します、と返答しておいた。それでまあ、本当に作品さえよければ、という気持ちにもなっていたんだ。ところが、あの『道化の華』！　あなた、読んだ？　ひどいだろう」

「私もそう思います」

「だから、そういう根回しみたいなことはやめて、もっと実力を付けなさいという意味で

『厭な雲』という言葉を使ったんだよ。それが分かってもらえなかったみたいだから、あらためて詳しく『文藝通信』に書いた。あの文章は井伏さんに対しての回答という意味もあるんだよ」

〈「厭な雲」とは井伏さんの裏工作のことだったのか!〉

痛いところに触れられたから、太宰はあんな異常なまでに逆上したのだ。不可解だったが、謎が解けた。

それにしても困ったことになったと芙美子は思った。太宰治という悪魔的な人物を文学界から葬り去りたい。そのためには井伏も川端も味方にしたい。井伏は太宰とも自分とも親しいので、言い方は悪いが利用のしがいがある。川端には反太宰の理解者になってもらえる。ところが、井伏と川端は袂を分かってしまった。

3

芙美子会心の『牡蠣』は短編集となって出版され、好評のうちに昭和十一年が明けた。『文藝』に連載を始めた「稲妻」もいい作品になりそうだった。

時折「ワゴン」で聞く消息では、太宰のパビナール中毒はますます深刻になっているらしい。薬品を手に入れるために初世の着る物まで質に入れてしまう、前借りに来た出版社で泣き喚く、人を睨みつける。芝の病院に入院させたものの、無断で外出を繰り返すために追い出されたという。

とうとう、あの津島家の〝御庭番〟中俣慶吉も上京してきて、井伏鱒二や妻の初世と相談の上、板橋区の東京武蔵野病院という精神病院に強制収容することになった。それが決行されたのは十月半ばのことらしい。

それからしばらくして、ある男が芙美子宅を訪ねてきた。「『牡蠣』を読んで感激して来られたそうです」という女中の取り次ぎに、芙美子はまんざらでもなく玄関に出ていった。ぞっとした。

大きな切れ長の両目が離れてついた顔で、えへらえへら笑っている。まだ二十歳くらいだろうに、不吉な暗い影を負っている。

「大庭と申しますが、林先生の最近一気に花開いた感のあるご活躍に敬意を表しておりますす。どうしてもご挨拶しておきたくて」

「あなた、学生さん？」

「ええ、画学生です。帝国美術学校に通ってます」

「あらあ」

絵描きの卵と聞いて、芙美子は急に愛想がよくなった。絵画も絵描きも世の中で一番好きなのだ。玄関の横に編集者の控室に使っている小さな部屋があって、そこに通した。大庭がソファに掛けると、あたりの様子が変わった。部屋が暗くなった気がした。大阪の人形師にわざわざ作らせて飾ってある文楽人形の表情までが暗くなった。

「感謝もしてるんです。先生だけです。太宰治の罪を糾弾しようとしているのは。ぼくも全く同感です」

急に太宰の名が出たことに戸惑って、

「あら、何のことかしら」

「先生がどこに行っても書かれる『花のいのちは――』の色紙。あれ、太宰には結構こたえているようですよ」

「え、あなたは太宰さんのお知り合いなの」

「知り合いというか……、もっと近い、身内ですね」

ふと、

「あなた、大庭なんとおっしゃるの」

「大庭葉蔵です」

最近どこかで聞いた名前だ。

それから背筋が震え上がった。作中の人物を名乗るなんて、偏執狂的なファンに違いない。

「ファン？」葉蔵はせせら笑った。「そんなもんじゃない。僕は本当に大庭葉蔵なんです。太宰治から生まれたんですよ」

芙美子は頭のおかしな男でも別段怖くはなかった。

「どうやって生まれたの」

「太宰はご存じのように今、パビナール中毒を治すために精神病院に入っています。入院を説得された本人は、はじめ明るい開放病棟を見せられてこれまでの病院のようなつもりで入ったんでしょうが、三日目に監禁病棟に移されました。鉄格子の嵌まった病室から一歩も出られず、面会もできません。恐怖と絶望で、狂乱状態です。おまけに妻に騙されてこんな目に遭わされ、裏切られたとの思い。いや、これまで邪険に扱ってきた妻に復讐されたと思い込みました。パビナールを絶たれた苦しみ。精神の極限状態が続くうち、太宰はもう人間ではなく、ひらひらと泳ぐ金魚になったんです」

「金魚？」

芙美子が昨年書いた『牡蠣』では、頭のおかしくなった主人公が金魚の薄い尾を引き裂く。どうしていつも自分の人生と太宰のそれは奇妙に符合していくのか。ガラスケースに入った文楽人形――「鳥辺山心中」のお染だ――がこちらを心配そうに見ている。

「太宰は人間ではなくなり、僕という人格が分離しました」

「でも、あなたには肉体があるじゃない。それは誰の体よ」

ふふ、と葉蔵は笑い、

「ちょうど太宰の身内の男が自殺未遂で病院に寝ていました。健康な人間に取り憑くことはなかなか難しいですが、傷ついて弱った人間に入り込むのは実にたやすいことなんです。それがこの体ですよ」

葉蔵はぽんぽんと自分の腕を叩いて見せた。

「それならあなたは太宰治から離脱した存在であるのに、さきほど、太宰の罪を糾弾すると言いましたね」

「僕は園という鹿児島の女を愛したんです。僕は園を愛して心中した。それなのに太宰は僕だけを助けて、園の首を絞めて殺したんです」

「だからそれは『道化の華』という小説の中の話でしょう！」

「おや、あなたらしくない。あなただって『道化の華』は太宰の罪の告白じゃないか、とか、『華』は花ちゃんのことじゃないか、とか思ったじゃないですか。それこそ虚構と現実をごっちゃにしてる」

「どうしてそれを」

「一緒にあの男を滅ぼしてやりましょうよ、林さん」

　葉蔵はそう言って立ち上がった。

「どうも僕のことを信用してないようだから、まだ誰も知らない秘密を教えましょう。僕は、あの男の妻を犯してやりました」

　それを質そうとしたときには葉蔵の姿はもう消えていた。

## 4

　中井駅前の喫茶店「ワゴン」で聞くところによると、太宰は十一月に東京武蔵野病院を退院し、また井伏宅に近い荻窪に住むようになったという。大庭葉蔵もその後現れず、事態はいったん落ち着いたかに見えた。

　井伏に聞いた。

「あの人、よくなりましたの」

「まあ、退院できたのだから、よくはなったのだろう。それで熱海で仕事すると言って出かけたらしいんだが……。それで、この間は檀一雄がうちに怒鳴り込んできてね」

「檀さんが？　どうしたんです」

「ぼくは太宰と将棋を指していたんだが、檀はそれを見ると真っ赤になって『あんたは、こんなとこで一体なにをしてるんだ！』って太宰を怒鳴りつけたんだ。聞いてみると、檀は初世さんに頼まれて熱海までお金を持っていったそうなんだ。すると気が大きくなった太宰は檀を連れて高級な天麩羅屋に行ったはいいが、高額な料金をふっかけられてもう金が足りなくなった。それで太宰は檀に『東京に帰って金を持ってくるから君は待っていてくれ。必ずかの邪知暴虐の天麩羅屋の手から君を救うため、古代マラトンの兵士のように、どんな遠い道のりも戻ってくる』なんて言って一人で東京に帰ったらしい。檀は人質にされたんだな。ところが、待てど暮らせど帰ってこないんで、檀はとうとう付き馬と一緒にぼくのところにやってきたわけなんだ」

　芙美子はげらげら笑って、

「邪知暴虐の天麩羅屋、はよかったわね」

「太宰もぼくにすぐ金のことを言い出せばいいものを、見栄坊だから言えなくて将棋をしてたんだろう。友情と見栄、どっちを取るかと言ったら、間違いなく見栄を選ぶ男だね」

「檀さんもそれはひどい目に遭ったわね」

昭和十二年の春になって、井伏が久しぶりに下落合の芙美子宅の桜の様子を見に来た。気になる太宰の消息をさっそく訊ねた。

「太宰は初世と別れたよ」

「まあ。どうして」

「うん、あなただから話すが……、去年太宰がパビナール中毒を治療するために閉鎖病棟に収容されているときに、男と間違いがあってね」

「それ、相手は大庭葉蔵でしょう！」

井伏はきょとんとして、やがて笑い出した。

「大庭葉蔵というのは『道化の華』の主人公じゃないですか。初世と間違いを犯したのは、小菅と言って太宰の親戚の男でね、ちょうど同じ時期に自殺未遂を起こして入院してたんだが、初世は太宰には面会できないから小菅のほうの看護をしてたんだ。そしたら、いつの間にか密通してたってわけだ」

すべて大庭葉蔵が芙美子に話した通りだった。しかしそれは井伏には言わずにおくことにした。

「それを大庭が、いや、小菅って人が太宰にしゃべったのね」

「よく分かるなあ。女の勘は鋭い」井伏は感心したように芙美子の顔をじっと見てから、

「それで二人は――この場合の二人ってのは太宰と初世だが――初世が死んでお詫びする、太宰はじゃあ俺も死のうということになって、群馬県水上村の谷川温泉で心中騒ぎを起こしてね」

「また心中？」

「ま、今回のははじめから別れのきっかけにするつもりだったんじゃないかな。例のカルモチンを互いに少し飲んだだけだから」

「またカルモチン？」

「それで水上から帰って、私の家に初世を預かったりもしたけど、とうとう別れたよ」

「でも二人は結構長かったんでしょう」

「七年間。あの鎌倉七里ヶ浜の事件の直後に祝言を上げて、その後警察から逃げ回っている時代にも、パビナール中毒で狂った生活をしている時代にもずっと一緒だったんだが……」

「それで太宰はどうしてるの」

「それが、あんまりよくないね。生活が荒れてしまって、デカダンスだね……。小説も『HUMAN LOST』なんてのを発表してね。もう人間じゃなくてもいい、ってつもりらしい」

「あれより荒れた生活ってあるんですか！」

大庭葉蔵の「太宰は人間ではなくなりました」と言ってへらへら笑った顔が浮かんできた。ＨＵＭＡＮ ＬＯＳＴ！　さらに確実に太宰を破滅に向かわせようと、初世との姦通を告げたのだ。園を殺したことへの復讐。

「で、小菅って人は今どこに」

「青森市の郊外に浅虫って所があってね、そこに小菅のアトリエがあるっていうんだが、ちょうど浅虫で初世の弟夫婦が魚屋をやっていて、初世はしばらくそこを手伝うことになってるんだよ。偶然なんだろうが、まるで示し合わせたみたいだね。ま、初世のためにはいっそ小菅とくっついてもいいんだけどね。太宰とは籍も入ってなかったし」

太宰がそれを嫌がるなら、大庭葉蔵はそうするだろう。

あとで芙美子が『新潮』の「ＨＵＭＡＮ ＬＯＳＴ」を読んでみたところ、「花」にまつわる暗号のような一節があった。


蝉は、やがて死ぬる午後に気づいた。ああ、私たち、もっと仕合せになってよかったのだ。もっと遊んで、かまわなかったのだ。いと、せめて、われに許せよ、花の中のねむりだけでも。

ああ、花をかえせ！（私は、目が見えなくなるまでおまえを愛した。）ミルクを、草原を、雲、――（とっぷり暮れても嘆くまい。私は、――なくした。）

5

昭和十二年七月、日中戦争が始まった。

翌十三年六月、日本軍は中国内陸部の要衝、漢口の攻略作戦を開始した。八月、内閣情報部は二十人の「ペンの戦士」を選んで漢口の最前線へ送るという文壇動員計画を発表した。

芙美子はわざわざ東京朝日新聞に書かせてもらい、

「是非ゆきたい、自費でもゆきたい。ならば暫く向うに住みたいと願っていたところです。中支の生活が『動』の感じで興味があります。女が書かなければならないものが沢山あると思っています。戦争について書いた優秀な文章に出遭うと、現に私自身が打たれる――それが何よりの証拠で、もう今はくだらん恋愛なんか書いている時代じゃないと思います」

と従軍を熱烈に希望した。夫の六敏《ろくびん》は既に前年十一月召集されていた。

こうして芙美子は菊池寛らとともに二十二人の従軍作家に決定した。女性は吉屋信子と二人だった。芙美子は朝日新聞に原稿を送ることになっていた。

九月十一日に東京を出発し、十三日陸軍班第一陣として上海に到着した。いったんは南京から揚子江をさかのぼる船に乗ったが、ひどい腹痛で十月一日南京に引き返す。そのころ他の作家たちは続々と日本に帰り始めていたが、体調を整えた芙美子は第六師団と行動をともにしようと決意する。

朝日新聞社のトラック「アジア号」に乗って兵隊たちを追いかけ、時には追い越して最前線を突っ走っていく。「もしも」のことがあったら自殺してしまおうと覚悟を決めた。トラックが遅れると歩いて行軍する。銃弾も飛んでくる。歩きには自信があったのだが、足の裏が燃えるようにずきずき痛む。困苦欠乏に耐える兵隊たちに感心する。至る所に中国兵の死体があった。

十月二十七日、芙美子は漢口一番乗りを果たした。第一線が突入した直後で、本隊よりも早かった。

翌二十八日には赤煉瓦の大きな住宅に朝日新聞の支局が開設されて、そこにいると藤田嗣治が訪ねてきた。藤田はもうおかっぱ頭ではなく、普通の男のようにこざっぱりと散髪した頭だった。

芙美子は名乗るより先にもう話し始めていた。

「あらあ、藤田さんも派遣されたんですか。私、パリに行ったら、藤田さんは少し前にブラジルに行ったたって言われてショックだったんですよー」

あれから六年、芙美子は三十半ばになり、藤田は五十歳をいくつか超えているはずだ。

藤田は目を丸くしていたが、相手が小説家の林芙美子だと知ると、

「そうでしたか、それはぼくも残念でした」

「でも私、おかげでスーティンという人と知り合いになれました」

「スーティン！　あなた、スーティンに会ったんですか」

「ええ、ちょっと変わった人」

「そうそう。ぼくはいつもスーティンの頭の虱を取ってやったんです。歯みがきも教えてやりました。でも、あれはほんとの芸術家。あんな妥協しない芸術家はいない」

「ええ、特に私はあの人の『狂女』って絵に惹かれて、それがひと足違いで日本人に売れたって言うんで、その日本人を捜し出して譲ってもらったんですよ」

「そうか、それはよかった。スーティンはね、ようやく絵が認められて売れるようになると、その金で自分の昔の作品を買い戻しては切り刻んでいるんだ」

「えっ、どうしてそんなこと」

「よく分からない……。だから、あの『狂女』は日本人に買われてよかったんだ。パリにあったら切り刻まれていた」

「そうでしたか。あの『狂女』はほんとに傑作だと思います。家族は気味悪がるんですけどね。だから、あれは私の秘蔵の宝物。人にはもっぱらルノワールの薔薇の絵を見せてるんです」

「はは。それはそうと、ぼくは昭和八年からこのところずっと日本にいるんですよ。訪ねてくだされぱよかったのに。もっとも、あちこちで壁画制作にかかりっきりでしたがね」

「それにしても、私たちだけですね、こんな所まで来るのは」

「うん、ぼくは海軍省の嘱託でね。藤島武二も来ているよ。芸術家として戦争の実相を見たがらない連中は不思議だ。ぼくは礼賛でも何でもなく、真実をどんどん描いていくつもりだ」

「私も全く同じ。ねえ、記念に私を描いてくださいよ」

藤田は気安く応じ、スカーフを巻いた芙美子の姿をささっと上手にスケッチしてくれた。

「わあ、ありがとうございます。この絵、私の本に使っていいかしら」

「いいですよ」

夕方、芙美子は師団長に別れの挨拶に行った。

自分の兵隊は一兵も損じてはならないという立派な将校で、芙美子は尊敬していた。

「お世話になりました」と深々と頭を下げる芙美子に対して、

「私は昨夜もあなたのことをじっと考えてたが、全く戦場の奇跡だ」

師団長は最大級の賛辞を贈った。

芙美子は感激と安堵が一度にこみ上げてきて、嗚咽が止まらなくなった。

翌日、船で漢口を引き揚げた。藤田も一緒だった。椅子の背をイーゼル代わりにして、一時も休まず風景をスケッチしている。

「本当に絵が好きなのねえ」

芙美子は感心して、カメラでそっとその姿を写した。

藤田は「ぼくはモンパルナスでパーティーばっかりやってたように思われてるけど、実は酒は一滴も飲まなかった。真っ先に騒いで早めに抜け出し、アトリエに戻ってたんだ」と話していた。

十月三十一日午後、飛行機で福岡に着いた。〝漢口一番乗り〟は写真入りで大々的に報道されており、芙美子はたちまちのうちに国民的英雄になっていた。

下落合の家に戻ってくると、さっそく井伏鱒二が訪ねてきた。

「やあ、全日本女性の誇りだね」

「冷やかさないでくださいよ。でも、講演が大変でした。真っ直ぐ帰してもらえずにそのまま小倉、熊本、鹿児島、大阪……。ちょっとゆっくりしたいんですけど、早く本にもまとめたいし」

「頑張るね。あなたのその小さな体のどこにそんなエネルギーがあるのか不思議だ」

中国でのさまざまな見聞は語り尽くせなかったが、ひと段落したときに太宰治の消息の話になった。

「あの男は結婚させることにした。年明けにはわが家で式を挙げさせるよ。いい加減落ち着かせないと、どうも不吉なことが続いてね」

「不吉なこと?」

「三年連続で太宰と親しい親戚の若者たちが自殺してるんだ」

「えっ」

「しかも皆、おかしなことに十月のことでね。まず一昨年、義兄の弟が手首を切ってね。これは助かったんだが、そのあと初世と過失を犯したのはご存じのとおりだ……。昨年は甥が服毒自殺して、そしてつい先日の十月三十日には従弟が自殺した」

「それは変よ。連続殺人事件だわ」

芙美子は大庭葉蔵がきっと死に神で憑いているのだろうと思った。となると、葉蔵は今は青森の小菅のところにはいないのかもしれない。

「まあ、それはないが、あの男は〝自殺したい病〟をばらまく天才ではあるな。周囲のためにも身を落ち着けてもらう」

「落ち着くかしら」

「それが案外乗り気でね。うまくいきそうなんだ。誓約書まで書いてきたよ。それが振ってる。『私が再び破婚を繰り返したときは、どうか私を完全な狂人として棄ててください』って。あいつらしいだろう」

芙美子は十二月に『戦線』、翌十四年一月に『北岸部隊』と矢継ぎ早に従軍体験を刊行した。『戦線』の口絵には藤田が描いてくれた肖像を載せた。そのころ、太宰は井伏夫妻が媒酌人になって無事、結婚式を挙げたらしい。

## 6

昭和十四年七月に六敏が除隊して帰ってくると、それから芙美子は新居の建築にのめり込んだ。同じ下落合四丁目に三百坪の土地が手に入ったのだ。材木や瓦や大工に至るまですべて自分で決めようと、参考書を二百冊近くも買って読みふけった。それから大工の作品を比べるのに何カ月もかけて見て回った。大工を決めると、設計者とともに京都の民家を見学に行った。

「ロクさん、あなたにはアトリエを造ってあげるからね」

芙美子は六敏にそう言った。

「いや、俺は絵はもういいよ」

六敏は弱気な笑顔を見せた。

「そんなこと言わないで。私は絵を描く男が好き。環境が整えば、また筆も進むわよ。ね」

あんまり強いるのもかえって逆効果だとは分かってはいたが、芙美子は六敏になんとか絵で勝負してほしいと願うのだった。

翌十五年十一月、女流文学者会が正式に発足した。

その集まりに顔を出すと、まず村岡花子が目に付いた。村岡は昭和初期からの女流文学者仲間で、児童文学の翻訳で名をなしていた。

村岡に芙美子が、

「あなた、世の中がこんなだから、あなたのお仕事の英文学の翻訳はなかなか難しいでしょう」

「ええ、それで去年ね、友人のカナダ人の女宣教師がとうとう帰国したんだけど、そのときに本を託されてね。いつかまたきっと平和が来るから、そのときに日本の女の子たちに紹介してほしいって。『アン・オブ・グリーン・ゲイブルス』っていうんだけど、これがすごくいいのよ。私絶対、翻訳するわ。戦争が始まってもやるわ」

「ええ。あなたならできるわよ」


十六年八月に全力を傾注した新居が完成し、十月に引っ越した。

さっそく井伏が庭を見に来た。一面の孟宗竹を前に、

「困ったなあ。井伏さん、怒るでしょうけど、私どうしても竹が好きで。雀のお宿になっちゃったわ」

井伏はふふんと笑って、

「まあ、いいでしょう」

芙美子は台所やお風呂、別棟の夫のアトリエなどひととおり見せて回った。

「太宰さんはどうしてるの」

「うん、六月に初めての子供が生まれたよ」

「あらあ。どっち」

「女の子なんだ。それが……」

「えっ、どうなさったの」

「園子って付けたのさ」

「それがどうかしたの」

「ほら、あれだよ。『僕はこの手もて、園を水にしずめた。僕は悪魔の傲慢さもて、われよみがへるとも園は死ね、と願ったのだ』」

「『道化の華』！　あの『園』なの！」

「縁起が悪いと止めたんだが、どうしても聞かないんだ」

「なんて人間かしら」

「贖罪のつもりかもしれないよ」

　太宰は結婚してからすっかり落ち着いているようで、大庭葉蔵が暗躍している様子はない。おかしい。太宰を破滅させると言っていた葉蔵は、今どこにいるのだろう。薄ら笑いをした死に神でも、いないとなると消息が気になる。

　ひょっとして、大庭葉蔵は太宰の元に戻ったのでは。それなら子供に「園子」と名付けたのも分かる。いずれにせよ、葉蔵とはまた会わなければならない気がした。

十一月半ば、文士に一斉に徴用令状「白紙」が来た。兵役法による召集令状「赤紙」と異なり、国民徴用令に基づくもので白い紙に印刷してあった。十七日には本郷区役所で身体検査。井伏鱒二は合格し、二十一日には大阪の中部軍司令部に集合するよう命令を受けた。新しくできる軍の宣伝部隊らしかった。

芙美子はそれを聞いて井伏の壮行会を個人的にやりたかったが、ただでさえ慌ただしい貴重な時間を奪うのは遠慮された。餞別の品を抱えて、荻窪の家を少しだけ訪ねた。

井伏は中に通そうとしたが、玄関先で、と断って、

「それでどこに行かれますの」

「それがまだ大阪に行ってみないと分からないんだ。南方は南方らしいんだが」

「まあ、いいじゃありませんか。きっと帰ってからいい本が書けますわ。いろんなことたくさん見てきてください」

「帰ってこれられればね。それに帰ってきたとして自由に書けるかどうか。『塹壕の中のことは語らない』という戒めがあるそうだ」

「語らなければ、われわれの商売になりませんわ」

「勇ましいあなたらしいな」

「太宰さんも一緒ですの」

「彼は身体検査で不合格だ」

「まあ」

「肺浸潤ということでね」

「ほんとかしら」

「ま、いろんなことを言う人はいるがね。夏の初めには三鷹の病院で肺浸潤の診断書をもらっていたとかね。いくらなんでも準備がよすぎるだろ。でも、徴用失格を喜んでいるのは確かだから、身体検査のときに多少の演技くらいはしたかもしれない。なにしろ『体は丈夫ですか。最近大病をしましたか』って聞くだけの検査なんだから」

「それでいいの、井伏さん、男として腹が立たない？」

「今は三鷹にいるがね、結婚して子供もできてだいぶ落ち着いたから、それでいいとしよう」

「ほんと、あの人には甘いのねえ」

　こうして井伏は大阪へ特急列車で発っていった。

　その後の消息を出入りの編集者らに聞いたところによると、今回徴用されたのは三十人ほど。太宰治と島木健作、サトウハチローの三人が免除になったらしい。そして井伏はマレー派遣に決まり、十二月二日には出港するということだった。

八日には、ほとんどの人が「まさか対米英はないだろう」と思っていた太平洋戦争が衝撃的に始まった。

「井伏さんは船の中でこの報を聞いているのね」

芙美子はそう思った。

## 7

昭和十七年の年明け早々、日本軍はマニラを占領。二月にシンガポール、三月にはラングーン、蘭印（インドネシア）と次々に占領していった。その一方、四月にアメリカの爆撃機が突如として日本上空にやってきて東京や名古屋などを空襲し、南方での戦果に酔う国民に冷や水を浴びせかけた。「欲しがりません勝つまでは」の標語が現れ、生活はだんだん窮屈になっていく。

八月十七日から東京日日新聞で井伏鱒二の「花の街」の連載が始まった。井伏は陸軍宣伝班として陥落翌日の二月十六日にシンガポールに入り、昭南タイムズという新聞社で働いているようだ。現地からの寄稿なのだが、「花の街」というタイトルがまるで芙美子へのメッセージのようでうれしく、一生懸命に読んだ。

すると八月下旬、芙美子のもとへ陸軍省報道部から朝日新聞社を通じて内密の連絡があった。女流作家を南方に派遣したいので行かないか、というものだった。芙美子はすぐその気になった。シンガポールから送られてくる井伏の連載は意外なほど平和なものであったが、ならばシンガポールより遠くへ、できるだけ戦地の近くへ行ってやろうと思った。中国戦線では「もう帰れなくてもいい」と思ったが帰ってこれた。南方に行くのも千載一遇のチャンスだ。今度こそ旅先で死んだっていい。

芙美子はシンガポール経由でマレーに行く第一班になった。十月末に日本を船で出発し、シンガポールには十一月十六日に着いた。さっそく井伏を捜して会いに行った。

「おお、よく来てくれた。ぼくは二十二日で徴用解除になって、日本に帰るんだ」

「まあ、すれ違いになるとこでしたわね」

「シンガポールには徴用画家が十人ほど来ていてね、その中に藤田嗣治がいたんだ。さすがにおかっぱじゃなくて短髪だったよ。昭南タイムズにも何度か絵を描いてもらった。スケッチするところも何度か見たよ。さすがにうまいもんだね。さらさらっと線を描いていって、ちっとも停滞しないんだ。これが〝エコール・ド・パリ〟のタッチなんだ、と感激したね」

「あら、井伏さんも詳しいのね。でも〝エコール・ド・パリ〟というのは、一九二〇年代のパリで活動した画家たちの総称であって、画風も歩んだ道もそれぞれに違うのよ」

「そうかい。とにかく藤田はすごい画家だ」

「まだ、こちらにいるのかしら。私も会いたいわ」

「最近見かけないが、まだ帰ってはいないはずだよ」

芙美子はマレー半島を回りながら気をつけていたが結局、藤田には会えなかった。それからジャワ、スマトラ、ボルネオなどを半年余り回った。

芙美子は『戦線』や『北岸部隊』のような戦記文学を書くつもりでいた。いや、それ以上のもの、戦死した兵隊や南方の戦いそのものを書くつもりでいた。だが、占領地域は安定しており、そんなきわどい場面を見なかった。それでは「南方放浪記」のようなものを書こうかと思って、ジャワの村に一週間滞在したりした。

そうして十八年五月、帰国した。

九月には陸軍美術協会主催の国民総力決戦美術展があり、藤田嗣治が大作を出品するというので東京府美術館に見に行った。

芙美子は息を呑んだ。

「アッツ島玉砕」という作品だった。

縦二メートルほど、横二メートル半ほどの暗い画面いっぱいに、死闘を繰り広げ、あるいは既に絶命した兵士たちが重なり合っている地獄絵図だった。アッツ島は北太平洋アリューシャン列島にある。ここの守備隊の全滅は芙美子の帰国直後のことだった。その玉砕は賞揚され、それを指揮した大佐は軍神とあがめられた。しかし、この絵は何の賛美もなく、ただ戦争の凄惨な実相を描いている。こんなものをよくぞ陸軍に提出したものだと舌を巻いた。しかも、藤田は現場に行っていないし、まして玉砕の場面など見ていない。想像だけでこれだけのものを描くとは。これこそ芙美子がやろうとしてできなかったものではなかったか。

会場にいる藤田を捜して、話しかけた。

「『アッツ島玉砕』すごいです」

藤田は、もちろん、という風にうなずいて、

「先月、スーティンが死んだんだ」

「えっ、どうしてですか」

「胃潰瘍から大出血したらしい。ほら、彼はユダヤ人だっただろう。ドイツ占領下のフランスじゃあ、ナチスの目を逃れて転々として生きなければならなかった。その心労だろう。すごい芸術家だったのに残念だ。あなたは目が高かったよ。スーティンはなかなか認められないかも知れないが、必ず残っていく。モディリアニだって今や巨匠だけれど、生前は

一度として認められなかったんだから」

「ああ、あの線の細い肖像画の」

「ふふ。ま、彼の場合、実人生が劇的逆転をもたらしたといえるけどね」

「というと」

「貧乏と肺結核に苦しんで、過度の飲酒、薬物依存などの末に結核性髄膜炎で三十五歳で死んだんだ。内妻のジャンヌは二日後、自宅から飛び降り自殺した。日本でいう後追い心中、向こうでいえばロミオとジュリエット型といえばいいのかな。ジャンヌは妊娠していたし、後には幼い女の子が一人残された。そしてジャンヌの両親の反対で、二人は一緒に葬ってもらえなかった。こうしてモディリアニの人生は伝説化したといえる」

「じゃあ、巨匠になったのは実力ではないと?」

「うーん、何とも言えない。ぼくらは友達だったからね、悪く言ってるわけじゃないんだ。逆に生前から高く評価されて幸せな画家人生を送っていながら、死後はすっかり忘れ去られる人もいるしね。人それぞれってことさ。ぼく自身が世間の評価は分からない。大きな声では言えないけれど……」藤田は実際に声を潜ませて、「こんな戦争画を描いて後世どんな言われ方をするか全く予測は付かないよ。あなたも戦場を駆けずり回って誰よりも頑張っているけれども、それが仇とならないよう気をつけたほうがいいよ」

これには芙美子はきっぱりと、

「私はともかく、この絵は分かる人には分かるわ。真実だもの。誇張も何もない。藤田さんの勇気には脱帽しました」

断言しながら、ふと思った。

さっき藤田から聞いたモディリアニの人生、誰かに似ている。

貧乏、結核、飲酒、薬物……。

(太宰はモディリアニの人生を知っているのかしら。まるで、お手本にしてるみたいね)

そのとき藤田から、

「林さんは太宰治って知ってる?」

まるで心の中を読まれたように訊かれて、芙美子はどきっとした。

「彼が今月、『右大臣實朝』って本を出してねえ。その装丁をぼくがしたんだ。ああ、そうだ、去年は『正義と微笑』ってのを装丁したから二冊目だ」

「あらまあ、そうなんですか。じゃあ、太宰さんにはお会いになって?」

「うん。ぼくもけっこう装丁の仕事が増えて、全部が全部、作者と会うわけじゃないんだけど。彼はぼくが五、六年前に書いた『人皮製の珍書』という文章を読んでいてね。彼はそのころ奥さんと別れたり、かなり精神的な危機にあったらしいんだけど、それでそんな変な文章に目が止まったんだろうね、ふふ。ぼくが南米エクアドルで手に入れた、人間の皮をなめして装丁した本を見たいと言ってやってきたんだよ。うん、見せて、触らせてもやった。ちょっと変わってるけど、純粋なところがあるね。ぼくの『アッツ島玉砕』を見てると涙が止まらないと言うんだ。彼の知り合いの帝大生が出征して、アッツ島で玉砕したらしい。その学生から来た最後のはがきにこう書いてあったそうだ。『大いなる文学のために、死んで下さい。自分も死にます、この戦争のために』。これを何度も繰り返して言うんだよ。おかげでぼくも覚えちゃったよ」

「もしかして、そのとき藤田さん、モディリアニの話をしませんでした?」

「ああ、した、した。どうして分かるの。ずいぶん興味深く聞いていたよ」


この九月二十一日、東条英機内閣は、それまで徴兵を猶予されていた二十歳以上の大学・高校・師範・専門学校生を十二月に入隊させることを閣議決定した。国会審議も学校側への打診もなかった。十月二十一日、明治神宮外苑陸上競技場で文部省主催の出陣学徒壮行会が開かれ、一都三県七十七校の入営学徒とその家族友人ら六万五千人が集まった。十六歳の女子学生である苑もそれに参加し、あとで芙美子に、雨で皆がずぶ濡れになったことや、鉄砲をかついだ男子学徒の行進に向かって女子学生たちが競技場に飛び降りて駆け寄ったことなどを興奮して話した。

芙美子は落ち着かない首都を離れ、どこか田舎でじっくり南方の風物でも書きたいと思っていた。戦記文学はどんどん戦況が変化していくし、しかも日本に不利な状況に変わっていくのではもう書きようがなかった。第一、注文がなかった。その田舎にはずっと実の娘のように可愛がっている苑も連れて行きたかったが、こんな軍国少女ぶりでは無理だろうと思った。そんな寂しさもあって、芙美子は十二月には産院から生後間もない男児をもらい受け、大《だい》と名付けた。

翌十九年三月十四日、懇意にしていた矢田津世子が結核で死んだ。三十六歳。思えば、昭和八年の特高による検挙・拘留以来、健康がすぐれなかった。小説家としての才能は人一倍あったのに……。太宰による警察への密告を疑っている芙美子はますますその憎しみが増すとともに、一方では自分の運命への懸念も強まった。あの男はさらなる手を打って、自分を追い詰めようとするのではないか。芙美子は自分の身辺を固める決意をした。家族がしっかりと団結して当たらなければならない。同月二十八日、内縁関係のまま放ったらかしにしていた夫の六敏と入籍した。婿として迎え、姓は林である。そうしておいて、三十日に大の出生届を役所に出した。さらに大の身に危険がないよう、六敏のふるさと信州に疎開することにした。苑はやはり、勤労奉仕で一個でも多く電池を作りたいと言って梃子でも動こうとしなかった。

四月、母キクと大を連れて長野の上林温泉に疎開した。八月に入ると六都府県から四十万人を学童疎開させるというので芙美子はびっくりして東京の様子を見に行ったが、どうやら七月にサイパン島の日本軍が玉砕して日本本土はB29の航行圏内に入ったらしい。一週間ほどいて、あらためて長野の角間温泉に疎開した。もう本も雑誌も満足に出る状況にはなく、発表のあてのない小説を少しずつ書きためたり、童話を書いて近所の子供たちに読み聞かせたりするほかない日々だった。

ところが、それどころではない事態が起こったのである。

## 8

北信の五岳を望む山あいの角間温泉で、芙美子は民家の二階を借りて、母キクと赤ん坊の大と三人で暮らしていた。六敏が信州の人間なので探してくれたのだ。

その日、芙美子はもんぺを履き麦わら帽子をかぶって畑で作業していた。夏とはいえ涼しくて過ごしやすいが、外の日射しはそれなりに強い。

「トカトントン」

野菜をいじっていた手を休めて顔を上げると、国民服に髭づらの男が立っていた。

「どなた」

「関といいます」男はにやりと笑った。

その笑いで分かった。

「大庭葉蔵……！　あなた、一体、どこへ行ってたの。もう消えたのかと思ってたわ」

「へへ。苦労しました。満洲くんだりまで行って、駆けずり回って……。話せば長いんですがね」

「ふーん、その長い話、聞いてあげるわ」

芙美子は家へ案内し、中に声をかけた。

「お母さん、悪いけど、大を連れて席を外しといてくれない」

そういうことに慣れているキクは別に何も言わず、葉蔵にちょっと頭を下げて赤ん坊を抱いて出て行った。

「あの赤ちゃんは？」

「私が産んだのよ」

「ほう、いつですか」

「去年の十二月」

「十二月って、林さんは去年前半まで南方に行ってたじゃないですか。計算が合わない」

「よく知ってるわね。ふふ、誰が父親かしらね。なーんて、産院でもらってきたのよ。私、子供が好きで、欲しくて欲しくてたまらなかったの」

「そうですか。空襲が怖くて東京から逃げ出すなんて林さんらしくない、と思ったら、そういうわけでしたか」

「戦争より、子育てのほうが生産的ね。……それに戦争については藤田嗣治さんがすごいのを残してくれた。あれ以上のものは文学でも書けないわ。……それより、よく会いに来てくれたわね」

「あなたは私の唯一の理解者だと思ってね」

「あら、ずいぶん買ってるのね」

「七月に初世が青島で死んだんです」

「えっ」

　葉蔵はぽろぽろっと涙をこぼした。

「私は園を愛し、初世を愛した。太宰が捨てた女ばかりを愛している。林さん、初世のことを書いてください。きょうはそれをお願いしに来ました。哀れな女なんです」

「ちょっと待って。落ち着いて、何があったのか教えて」

葉蔵がしたのはこんな話だった。

浅虫温泉で小菅（葉蔵）は初世と一緒になろうとしたが、どうしても初世のほうが嫌がって、そりゃあそうだ、自分をさんざんな目に遭わせた男の子分みたいな人間だったんだから。生まれ故郷の北海道へぷいと行ってしまった。

そこで小菅の体はあきらめて、関という地金ブローカーに乗り換えて、初世を追いかけた。関は競馬の金欲しさに使い込みをし、三年の懲役を経て出てきたところだった。そんな人間じゃないととりつく島がないので、仕方がなかった。案の定関は嫌われたが、北海道中をしつこく追いかけて、とうとう強引に初世を自分の女にしてしまった。

でもやっぱり、強引なのはいかんね。ほんとの心のつながりを持たなきゃあ。手籠めにしてから尽くそうと思ったんだが、黙って満洲に逃げられた。うん、満洲行きの芸者募集に応募したんだな。慌てて追いかけたよ。奉天、新京と捜した。首都の新京でずいぶん人気芸者になっていた。しかし、また逃げられた。

青島で見つけて、無理矢理日本に連れ帰ったんだが、すぐにまた青島に舞い戻ってしまった。あとで知ったんだが、ある中国人の男を好きになっていたんだな。

青島に日本人は四万人もいて、新町という歓楽街に働く女たちは千人近くいた。ようやく見つけたときには、その劉という中国人に身請けされる話が決まっていたよ。なかなか羽振りのいい呉服商で、人柄もよさそうだった。これなら初世も幸せになれるかもしれない、俺はもう日本へ帰ろうと思ったくらいだ。

ところが、憲兵隊が嫌がらせを始めた。これもあとで知ったんだが、島という守備隊の少佐が初世を二号にしてやろうと狙ってたんだな。中国人に横取りされてなるかというわけで、憲兵まで使って初世を脅してあきらめさせようとした。でも初世は身請け話は正式なものだし、それをちゃんと果たそうと決めていた。

それで初世と劉は逃げたんだ。片田舎のあばら屋にいるところを発見されて、やってきた一人の憲兵は意外と穏やかに説得を始めたが、初世を渡さないのなら自分は帰れないからこれで撃ってくれと劉に拳銃を手渡した。劉が「馬鹿馬鹿しい」と拳銃を突き返そうとしたとたん、憲兵は隠していた別の銃で劉を射殺した。初世はその夜、騙し討ちをしたこの憲兵に犯された。それから連れていかれて島少佐の女にさせられた。初世は顔面を吹き飛ばされて血みどろになった劉の幻影が頭から消えずに体調を崩し、ついにこの七月に衰弱して死んでしまったんだよ！　まだ三十三歳だったのに！

「ひどすぎる……」

芙美子は葉蔵と一緒に泣いた。

「園は女給。初世は芸者。だからって、こんな運命を強いられていいってことはあるはずがない。私は正直、絶望していました……。でも、あなたが私と一緒に泣いてくれて救われた気がします」

葉蔵はいつの間にか芙美子の横に来て、もんぺの膝を撫でている。

「でも、どうしてその憲兵や少佐に復讐してやらなかったの」

「あいつらは遅かれ早かれ、ひどい目に遭う。満洲で日本はもたないと確信しました。私は何もかも絶望して、あなたにこのことを話したいとその思いだけで日本に帰ってきたのです」

葉蔵は芙美子に接吻しようとしていた。

「この男と関係を持つ?」

芙美子には貞節な考えというものはあまりなかったが、死に神と交わるのはやはり躊躇われた。「牡丹灯籠」を思い出した。あれは男女が逆だが、死んだ女と交わった男はどうなったか。

「私みたいなちんちくりんな女とやったって、つまらないわよ」

芙美子はわざと蓮っ葉な口を利いた。

「いや、あなたはじゅうぶん魅力的だ。小さいが、その淫らな体。すべてを貪欲に眺め、食べ尽くそうとしている。好色は隠しようもない。あの発禁になった『泣蟲小僧』はエロティックでしたねえ」

芙美子は「泣蟲小僧」冒頭にこう書いていた。

閻魔蟋蟀《えんまこおろぎ》が二匹、重なるようにして這いまわっている。

啓吉は、草の繁った小暗いところまで行って、離れたまま対峙している蟋蟀たちの容子をじいっと見ていた。小さい雄が触角を伸ばして、太った雌の胴体に触れると、すぐ尻を向けて、りいりい……と優しく羽根を鳴らし始めた。その雄の、羽根を擦り合わせている音は、まるで小声で女を呼ぶような、甘くて物悲しいものであったが、蟋蟀の雄には、それが何ともいえない愛撫の声なのであろう、りいりい……と鳴く雄の声を聞くと、太った艶々しい雌は、のそのそと雄の背中に這いあがって行った。太ったバッタのような雌は、前脚を草の根に支えて、体の調子を計っていたが、軈て、二匹共ぜんまいの振動よりも早い運動を始め出した。

芙美子は昆虫ばかりでなく、蟹、海老、魚類、鯨に至るまであらゆる動物の交尾について調べたことがある。それを好色と言われれば、否定するつもりはない。

「僕らも二匹の閻魔蟋蟀になりましょう。閻魔、だなんて、僕らにぴったりじゃないですか」

「いやよ」

しかし、その芙美子の声は強くはなかった。

「あなたは放浪の魔女だ。こんなに僕の相手にふさわしい人はいない」

「私はもう四十過ぎてるのよ……あなた、頭がおかしいわ」

芙美子の体はもうじっとりと反応を始めていた。畳に転がされ、口を吸われると、たまらず自分からも吸い付いた。葉蔵はブラウスのボタンを引きちぎって乳房を剥き出しにし、もんぺを引き下げようと力を入れた。

「わかったから、乱暴にしないで」

左の乳房を大きく揉まれながら、右の乳首を吸われる。剥き出しの尻を撫でられ、這いまわる手と指はさらに奥へ奥へと進んでくる。全身への愛撫はすっかり平常心を奪った。この関なのか葉蔵なのか訳の分からない男を相手に、スーティンの狂女になって、早く交わりたい。どんな狂態でもいいから、早く。狂ったように相手の体液を吸い上げたい。

「あなたも脱いで、早く」

芙美子は激しい愛撫を受けながら、相手の下半身に手を伸ばして剣のように硬く反り返ったものを確認した。

葉蔵は芙美子の耳元で囁いた。

「一緒に死んでくれないか」

それではっと我に返った。

「あなたはやっぱり太宰の分身ね。心中というものに取り憑かれている」

そのとき葉蔵が殴りつけてきた。

力の強い男だった。半裸のまま突き飛ばされた芙美子は、簞笥に頭を打ち付けた。犯されるのか、殺されるのか。おそらく男もどちらとも決めかねて、いや、どっちでもいいさとただ自らの凶暴さにわが身をまかせているのだろう。体を押さえつけられ捻り曲げられて痛さに気が遠くなってくると、死の蒼い馬がやってくるのが見えた。

「殺《や》られる！」

小さな体を滅茶苦茶に動かして抵抗し、思い切り蹴り飛ばした。そこにあったスーティンの「狂女」の絵。これだけは肌身離さず東京から抱えて持ってきていたのだ。

芙美子は必死で狂女のパワーにすがった。

簞笥と机の間に置いていた絵。被せていた布をとって、芙美子はその一メートル×六十センチほどのカンバスを両手で支え、絵を葉蔵のほうに突き出した。

「なんだ？」

葉蔵は不意を衝かれて動きが止まった。目を丸くした。肩で息をしながら、狂女のおかしな顔としばらく睨み合っていた。

大庭葉蔵という太宰治が創り上げたフィクショナルなキャラクターと、スーティンという風変わりなユダヤ人作家が創り上げた絵の中の狂女が向かい合っている。

「ふん、なんか阿呆らしなったわ」

葉蔵は芙美子から離れて苦笑を浮かべ、

「分かりました。これで私はまた太宰に復讐する決心がつきました。これから日本は滅びます。それとは別に太宰には自分のしたことの責任を取ってもらわなければならない。滅んでもらう。でも、あなたにも必ず協力してもらいます。そうしないと、あの赤ちゃんの身に不幸が起きるかもしれませんよ。いいですか」

「大に手を出すな！」

林檎と一緒に盆に載せてあった果物ナイフを必死につかんだ。芙美子がナイフを突きつけると、

「トカトントン」

その声だけ残して、もうそこには葉蔵はいなかった。

# 第三章　オダサク

## 1

昭和二十年八月十五日、正午。

芙美子たちは「玉音」があるというので階下のラジオの前に集まって終戦を知った。天皇陛下の声は、神主が祝詞をあげているみたいだと思った。

母も家の人たちもうなだれて泣いている。芙美子は庭の松葉牡丹を見ていた。蟬ばかりがやかましく鳴いている。炎天下に原色の花が暑苦しかった。戦争は長すぎたが、やっぱり負けたのは悔しかった。自分は戦争の傑作をものするつもりでずいぶん危ないところへも飛び込んでいったが、そこで見た第一線の兵隊たちの姿には感謝と尊敬で自然と頭が下がった。あの若い人たちはみんな死んでしまった。その大きな犠牲を考えると、涙が溢れてきてハンカチで目頭を押さえた。

これからどんな世の中になるのかは分からないが、自分はいよいよ文学で勝負しなければならない。誰よりも速く、そして大量に創作の弾丸を撃ちまくらなければ、戦後の文壇の第一線に躍り出ることはかなわない。

しかし、それにはあの大庭葉蔵の存在をなんとかしなければならない。なにしろ強姦殺人寸前の目に遭ったのだ。あれに脅かされていては、安心して創作活動などできない。しかし、自分一人の力ではどうしようもない。かといって家族は巻き込みたくない。誰か味方になってくれる人はいないか。考えた末、相談するには川端康成しかいない、と思った。昭和十年に太宰治に対する「共闘」を誓って以来、十年がたっている。

その前に下落合の自宅や東京全体がどうなっているのか、確認しなければならない。敗戦でようやく報道統制が解かれ、三月十日の東京大空襲の惨状が少しずつ分かってきた。三百機以上のB29がサイパンから東京に来襲し、焼夷弾を雨のように降らせたばかりか、火災の中を逃げ惑う人びとを機銃掃射した。この日だけで八万人から十万人以上が亡くなった。下町中心だったためにそんな甚大な被害とは知らずに、芙美子は三月末に五日だけ東京に戻って自宅の無事を確認していた。しかしその後も激しい爆撃は続き、四月に一万人、五月に二万五千人が死亡したという。東京の大部分は焼け野原になっているらしい。

東京に残した六敏からの連絡によると、家は依然として無事だというがどうにも信じられない。米軍は九月に東京へ進駐してくるらしい。その前に見たい。芙美子は自分の目で確かめに行くことにした。八月十九日、〝魔除け〟代わりにスーティンの「狂女」だけは抱えて出発した。混乱し、ごったがえす交通機関を乗り継ぎ乗り継ぎ下落合にたどり着くと、芙美子が愛児を育てるように手をかけて建てた家は本当に傷ひとつなく、奇跡のように無事だった。自分は大震災からはなんとか避難できたし、大空襲も免れるとは、強運を感じないわけにはいかなかった。

六敏は、芙美子が絵だけを後生大事に抱えてきたのを見てあきれていた。芙美子が知り合いの消息を尋ねると、川端康成はなんと鎌倉で貸本屋をやっているらしい。確かにわれわれ作家はすっかり収入の道を絶たれているが。また鎌倉を訪ねるか……そう思いながら、さらに詳しく聞いた。

それによると、四月に鎌倉ペンクラブで話し合い、自分らにできそうで、かつ日銭の入る現金商売であることから貸本屋をやることを決めたらしい。八幡通りの店舗を借りて、会員に号令をかけて書籍千冊を集め、五月一日に貸本屋「鎌倉文庫」を開いた。会長の久米正雄をはじめ川端康成、中山義秀、高見順が交代で店番をしているという。なにしろ作家の蔵書なので稀覯本や自著の特装本など貴重なものも多く、別の作家が喜んで買い取ったり、保証金の没収を承知で本を返さない客も少なくないらしい。

芙美子はすぐに角間温泉に取って返し、引き揚げの準備を始めることにした。川端には、自分の家が無事だったことと、近いうち東京に帰りたいと思っているので一度お目にかかりたいという手紙を出した。川端から返事が来て、終戦とともにますます鎌倉文庫の活動に張り切っているらしく、九月に出版事務所を丸ビルの六階に設けたのでそこで会いましょうということだった。また、十月には貸本屋の支店を日本橋のデパート白木屋の二階に出すという。鎌倉を離れるわけではないとのことだったが、丸の内ならずいぶん会いやすくなると芙美子はうれしかった。

さて、引き揚げるとなると赤ん坊と七十六歳になる老母がいる。角間と東京の行き来も、先日のように一人なら無我夢中で行くことができた。無理も利く。それが女中との四人所帯では、それなりに家具や身の回りの物も増えている。片づけて最小限にはするつもりだが、それらを運ぶ手段があるかどうか。そうはいってもあまりぐずぐずしてもいられない性分なので、荷物の発送は東京から来た六敏にまかせて、芙美子は四人で先発することにした。

十月下旬、リヤカーに母キクを乗せて女中に引かせ、芙美子は大をおんぶしてリヤカーの後ろに付いて速度調整役となって山を下った。暗くなってようやく長野に着き、知り合いの家に泊めてもらった。翌朝早く、長野駅から満員の汽車に乗る。夕方赤羽駅に着いたところで、停電のため先は不通になっており降ろされた。あとは歩くしかない。もうリヤカーもない。ただ、周りも道を埋めるようにたくさんの人が歩いていて、しかも皆とんでもなく重そうな荷物を背負っている。こちらは荷物がないだけましだ、と母親を励まし励まし、人の流れに乗って歩き続けた。けっきょく六時間ほど歩いただろうか、真夜中に下落合の家にたどり着いた。

その後、鎌倉文庫は出版事務所も白木屋のほうに移したということで、芙美子は十一月、川端康成を白木屋に訪ねていった。

焼け野原ばかりの東京なのに、丸の内界隈はなぜか多くの建物が残っていた。そして主な建物は占領軍に接収されていた。お濠端の第一生命館には連合国軍総司令部、GHQが置かれていた。

「あそこにマッカーサーがいるのかあ。陸軍の司令部だったんだぞ……」

芙美子は建物を見上げて、敗戦をひしひしと感じた。長野とは比較にならないほど、進駐軍のジープが走り回っている。

久しぶりに見る川端は相変わらず痩せてはいるが、元気そうだった。四十六歳、脂の乗り切った年なのだ。

「ご無事で何よりでした。鎌倉のあたりは米軍が上陸するんじゃないかと心配でしたわ」

「あなたみたいな勇ましい人が疎開するとは意外だったなあ。ぼくなんか今年の四月に鹿屋の海軍航空隊に報道班員で行って、特攻隊を取材したくらいだ。あなたの漢口一番乗りや南方全域を巡ったことはどんなにか大変だったろうと思ったよ」

「いえ、まあ、それで戦争にうんざりしちゃったんでしょうね。長野でずいぶんゆっくりしましたから、これからは頑張ります」

それから芙美子はすべてを話した。

大庭葉蔵という超自然的な存在について。麻薬中毒の太宰から、彼の小説の主人公である大庭葉蔵という「人格」が分離して、はじめに親戚の男に取り憑いて初世と不義を犯し、次に関という前科者に取り憑いて初世を中国まで追いかけたあと信州で芙美子を襲ったこと。葉蔵は太宰から分離したにもかかわらず、園を殺された恨みと初世への憐憫から太宰を恨んでいること。

「すると、大庭葉蔵があなたの前に初めて現れたのは昭和十一年の十月ごろ、というわけだ」川端が口を開いた。

「そうです」

「もう十年近く前だ。もっと早く相談してくれればよかったのに……。しかも、太宰が第一回の芥川賞に落ちてぼくに悪態をついたあの『道化の華』から生まれた存在だ。ぼくと全く無関係の存在でもないだろう」

「こんな話、人にしても信じてもらえるものでもないですから、誰にも相談しなかったんです」

「ぼくはね、霊魂や心霊現象の専門家なんだよ」

「えっ、そうなんですか」

「意外かね、そうだろうな」川端はふふと笑って、「ぼくは大正八年に一高の校友会雑誌に初めて『ちよ』という小説を書いたんだが、これが千代松という人の霊魂の話でね、その霊のために自分が関わる女がことごとく『ちよ』という名前だという話だ。そしたらその後すぐ、本郷のカフェーで、本当に『ちよ』という十四歳の可憐な女給に出会ったんだ」

「まあ、まさに虚実皮膜ですね」

「おまけに、ちよの本名は初世だ！」

川端が突然大声で叫んだので、芙美子は度肝を抜かれた。瘦身の川端の髪の毛は逆立ち、目はかっと見開かれている。

「ぼくは初世に恋した。しかし間もなくカフェーのマダムが結婚して店を閉め、初世は岐阜の寺の養女になってしまった。ぼくは岐阜まで初世を訪ねていって求婚し、そして……」

「そして？」

「承諾してくれた。ぼくらは婚約したんだ」

「へ？」芙美子は、川端の妻が秀子といってよく知っているだけに間抜けな返事をした。

「ところが婚約のわずか一か月後、初世は『突然非常なことが起こって、あなたと一緒になれません』という手紙をよこした。それからどんなに聞いても〝非常〟とは何なのか言わないし、気持ちも頑として変えようとしなかった……。しかし、今わかった。初世の〝非常〟とは姦通だったのだ！」川端は目を剝いて、「子供だとばかり思っていたのに！」とぎりぎりと歯ぎしりをしている。

「ちょっと、落ち着いてください、川端さん。姦通したのは太宰の初世さんであって、二人の初世さんは名前が同じというだけで、ごっちゃになってますよ！」

気がつくと、芙美子は川端を怒鳴りつけていた。頬っぺたのひとつも張り倒したいくらいだった。それで少し川端は冷静さを取り戻し、

「ぼくは昭和二年に『処女作の祟り』という掌編を書いたが、また『ちよ』という女が出てきて、その周りで次々に不幸が起こるという話なんだ……」

川端にとって、この二十年以上も前の失恋というか破談が、どんなに大きな心の傷になっているかが今の混乱ぶりで分かった。川端が心霊学にのめり込んだ理由も了解できた。

芙美子は〈あ、そうそう、こんなときは食べ物に限る〉とお土産を取り出した。

「こんなものしかありませんが、滋養にはなると思います」

パンとバターである。

「これは貴重な物をありがとう。ほんと食糧難で、なんにも手に入らないんだ」

どうやら川端は普段の調子に戻ったようだ。それで、そもそもの本題を思い出したらしく、

「その大庭葉蔵という生き霊は、むしろ太宰の良心的な部分を持ってもいるようだ。彼の迷いや、弱さ。良心の呵責が形となって現れたものかもしれない」

「そしたら今の太宰には良心の呵責がないということですわ」

「ふふ、そうかもしれない。怖いね。それがHUMAN LOSTということだろう」

「でも、葉蔵は良心的な存在かしら。初世さん――太宰のほうの――を犯したし、私を犯そうともしました」

「しかし、それは、必ずしも強引なものではなかったのでは……?」

芙美子は信州での一件を思い出して、柄にもなく赤くなった。川端はにやりと笑って、

「霊なんてのはね、とっても好色なものなんだよ。一番怖いのは大庭葉蔵が太宰の元に戻ることだ。太宰の召使い、家来、あるいは奴隷にでもなってもらっては困る。そうなると手強い。あなたも私も太宰を文壇から抹殺したいと考えている。どうしてか。自分の文学のためには人を不幸にしていいのか、という問題なんだよ」

「もちろん、いけません」

そう言いながら芙美子は内心、人を傷つけない文章はない、作品を発表するということは多かれ少なかれ波紋を投げかけることだ、とも思った。そんなことは自分の経験で分かっていた。だがそれはまた、おのずと程度問題があることだ。

「だから、大庭葉蔵はわれわれの味方に付けておかなくてはならない。あなたはそんな目に遭って面白くないかもしれないが、そのスーティンの絵があればもう襲ってなど来ないだろう」

「そうですね。確かに、葉蔵とは協力していかなければいけないでしょう。ただ、大庭葉蔵が今どこにいるのか分かりません」

「大庭は最初、太宰の親戚に取り憑いた。次は関という男に憑依して初世を追いかけた。すなわち常に太宰に関わりのある者として居続けるのだから、そう捜すのは難しくないだろう」

2

角間から荷物が届いて、それが片づいたのはもう二十年も末のことだった。芙美子は翌二十一年から書きまくった。川端に相談して、葉蔵は恐れることはないと覚悟が決まったからである。〈あのとき葉蔵は私を殺しに来たのではなく、初世の凄絶な最期に絶望して、私と心中するつもりで訪ねてきたんだろう〉。芙美子はそう結論付けた。だが、スーティンの絵で葉蔵は正気に戻った。「狂女」で正気にかえるとは……、まさに毒を以て毒を制す、だ。

葉蔵に聞いた初世の運命。それはどうしても書きたい。戦争という巨大な時代の運命に翻弄される庶民を描くというところに、ぴたりと照準を合わせた。このテーマならきっと他の追随を許さないだろう。

ジャワで買った更紗をまとい、書斎に籠もった。徹夜で原稿を書いて、朝はそのまま机の前にひっくり返って眠った。それの繰り返しだった。昔から心臓に不安を抱えていたが、それは考えないことにしていた。こうして芙美子は再び人気作家の地位を取り戻した。

しかしこの芙美子さえ上回る勢いで書きまくる作家がいた。

織田作之助。

戦前、「夫婦善哉」で名を上げたこの大阪の作家は、無頼な雰囲気が終戦後の混乱した世相にぴったりと合って売れっ子になっていた。芙美子より十歳若かった。

五月に鎌倉文庫が女性雑誌『婦人文庫』を創刊したので、芙美子は多忙な仕事の合間を縫って、そのお祝いを言いに再び白木屋に川端を訪ねた。芙美子は「新しい時代にふさわしい、美しい雑誌をつくってほしい」と切望して、参考資料としてアメリカの雑誌を送るなど気にかけていたのだ。

川端は芙美子を見るなり顔を輝かせて、

「ぼくらに協力してくれる、すごいやり手の女性を見つけたよ」

「え、誰ですの」

「うん、順を追って話そう。ぼくは今たくさんの本に囲まれていて、それにたくさんの作家連中も訪ねてくるんで、いろいろと太宰氏について調べてみたら面白いことが分かったんだ。彼は津軽出身として知られているよね」

「ええ、もちろん。戦時中にはずばり『津軽』なんて本も出してますしね」

「ところが、ご先祖は福井県の小浜なんだよ」

「あら、そうなんですか」

「小浜で商いをしていた赤城善太夫という人の弟で富国という人が、江戸初期に津軽に移り住んだんだ。これはちっとも不思議なことじゃない。さかのぼれば中世から、津軽十三湊の安東氏が蝦夷地の産物を小浜や敦賀経由で畿内に送っていて活発な交易があったんだ。富国ははじめは羽二重を商っていたが、津軽藩の新田開発に従って荒野を開墾し、その功で大庄屋、郷士になったそうだ。それが十代前にあたる」

「そんなことよく分かりましたね。でも、それがなにか」

「そこでいったん鎌倉の話になるんだが……。この四月に長谷通りに美容院ができてね、評判がいいんで妻が行ったんだ。帰ってくるなり、凄腕の美容師だって興奮してるんだ。ぼくは別にカットもパーマも興味がないから、ふんふんと聞いていたんだが、『十八歳からお義姉さんと銀座で美容院をやっていたんですって、すごいでしょう。ところが、そこが東京大空襲で焼けてしまって、お母さんの実家のある近江に疎開していたんですって』……そこで、ぼくは『近江』にピンと来た」

「何でしょう」

「さっきの太宰の原郷の小浜だよ。小浜と近江は密接な関係にある。近江といえば、有名な近江商人だ。さっき言ったように、小浜や敦賀の港は中世から蝦夷地・津軽との交流があったけれども、江戸時代直前に松前氏の時代になるとこの交易をさらに盛んにし巨利を得たのが近江商人なんだ。そんな機運に乗って、太宰氏の祖先は津軽に渡ったのだろう」

「はあ」

「気乗りしない返事だなあ。前世の縁《えにし》というのは馬鹿にならないもんだよ。太宰氏の『津軽』にだって、青森と古くから交通のあった所として、真っ先に近江が挙げられている。

この二人は絶対にくっつく」

そこでやっと芙美子にも少し興味が湧いた。

「くっつけば?」

「くっつけば、太宰は必ず死のうと持ちかける。これまでその、花ちゃんにしろ、初世さんにしろ、気が優しすぎて心中にならなかった。この人――奥菜富栄というんだが――なら絶対に失敗しない。気が強い、しっかり者だ」

「そんな人が、あんなだらしのない人間に惹かれるかしら」

「大丈夫だ。太宰を崇拝させればいいんだ。気が強い分、思い込んだら一途だ。太宰のほうも崇拝者は拒まない男だ。実は先日、奥菜さんとはもう話をした」

「まあ」

「妻に頼んでうちに招待したんだ。家族のことなどをそれとなく聞いていたら、なんと二番目のお兄さんが太宰と同い年で同じ弘前高校を出てるんだ。このお兄さんは東京帝大を受験する前に急病で亡くなったそうだ。だから妹としても早世したこのお兄さんには思いが深い。これはしめたと逸る気持ちを抑えて『三鷹にキリストをもって任じている面白い文学者がいるよ。お兄さんとも知り合いかもしれない』ってさらりと自然に話したら、だいぶ興味を示していた」

「今おいくつ」

「二十六歳だ。商社員の夫がいるんだが、十九年末に結婚して十日余り一緒にいただけでマニラに転勤になってそのまま現地召集、いまだに生死不明だそうだ。生殺しみたいで苦しいだろう……それを利用するわけじゃないが……。妻には三鷹の美容院を紹介するあてがあるんだ。でも、焦ったらいけない。じっくり勧めてみるよ」

　それから少しして、『婦人文庫』の七月号が川端から送られてきた。芙美子が頁をぱらぱらっとめくってみると、川端が「生命の樹」という作品を書いていた。近江出身の若い女性が主人公だったので、はっとして居住まいを正して読んだ。「近江の春霞のなかの菜の花やれんげ草の花は、よそとは色がちがうように思っている」。まるで芙美子へ語りかけるように、近江出身が強調されている。その女性と二人の特攻隊員の恋ともいえない感情の行き来が美しく書いてあった。川端の鹿屋での見聞が生かされているのは明らかだったが、昭和二十一年のこの時点で、戦争——しかも特攻——を感傷的に捉えるようなこんな作品はまだ書かれていなかった。名作だと思った。

　芙美子は鎌倉の美容師のことはあてにしないでいたが、十月になると、川端から信じられない連絡が来た。その人が十一月から三鷹の美容院に移ることが決まったという。まさか心霊術を施したわけでもあるまいが、夫婦ぐるみでの籠絡がうまくいったのだろうか。

3

織田作之助が二十一年十一月に大阪から上京してきて、銀座のバラック建ての旅館を根城にヒロポンを打ちながら書いているらしい。その合間には太宰治や坂口安吾らと雑誌の座談会をこなしていて、芙美子も織田と婦人画報の主催で対談することになった。会場は芙美子の家を使うことにした。

織田は珍しい革のジャンパーを着てやってきた。前垂れを掛けた小柄な番頭さん風情を想像していたので、ひょろりと背の高い気障な男の登場にびっくりした。対談の前、腕をまくり上げてヒロポンを打った。芙美子は少し驚いたが、そういうはったりなんか屁とも思わないほうだ。芙美子だって紫色の光沢のあるドレスに、大きな猫目石の指輪を嵌めて、はったりでは負けていなかった。織田は大阪弁でしゃべりながら、やたらに咳き込んでいた。顔面は蒼白で、体が相当悪そうに思われた。

げほっ、げほっ。

「あのときは、あんなことをして申し訳なかった。林さんも頑張ってるようで、よかった。また協力し合ってやりましょう」

編集者が席を外した隙に織田がそう言ったので、芙美子は目を見張った。

「あなた！　大庭葉蔵なの」

「ふふ、こんな様子だから分からなかったでしょう」

「まあ」

「はは。この人、弱ってたんで取り憑いたんですけど、ちょっとこれは……。オダサクももう一か月もたないですね」

「なにか狙いがあるの」

「もちろん、太宰を狙ってのことですよ。太宰は今、ものすごくオダサクに関心を持ってますからね」

「あなたに付いてきた、あの色っぽい女、誰よ」

「ああ、昭子ね。いい女でしょう」葉蔵は涎を垂らさんばかりにやに下がった顔をして、

「織田は最初の妻と死別してるんです。昭子は女優でね、東京劇場であった織田原作の舞台に出てたんですが、千秋楽の日に織田と駆け落ちしたんですよ。それから大阪に暮らしてますが、もとは銀座の生まれ育ちなんですよ。いったんは別れてね、今またくっついてるという、ま、そういう切れそうで切れない関係。ぼくだったらあんないい女、離しませんけどねえ」

編集者が戻ってきて、二人は対談を再開した。テーマは恋愛だった。

「恋愛って、五感でいえば触覚ですね」

「そう、触覚」

「触覚恋愛、触覚恋愛」

二人は笑って、他愛のない言葉を繰り返した。こうして芙美子と葉蔵はすんなり和解した形になり、編集者もこれまで経験したことのない気の合った対談だったと評した。葉蔵に寄り添って、むちむちとした体を濃紺のスーツに包んだ昭子が帰っていく後ろ姿を見送りながら、

「葉蔵め、あの女が目的でオダサクに取り憑いたんじゃないの？」

芙美子は苦笑していた。

それから苑を織田のもとに頻繁に通わすようにした。病状に少しの猶予もないと思ったからである。苑も十八歳となり、このときから最も信頼できる秘書代わりになった。

苑から織田が旅館で病床に就いていると聞いて、芙美子は伊予柑を提げて見舞いに向かった。銀座はまだ焼けたビルばかりだったが、歩道にはすさまじい数の露店が並んでいて人通りが多かった。路面電車もごうごうと元気よく走っている。

芙美子は織田の枕元でみかんを剝いてやった。すると、織田は一緒に外に出ようという。

「『ルパン』って酒場、ご存じですね。あそこでちょっと話をしましょう」

「あなた、飲んで大丈夫なの」

「いえ、どうせ太宰が毎日『ルパン』に誘いに来るんですから、一緒ですわ」

「毎日？」

「ええ、このままだとオダサクは太宰に葬り去られます」

ルパンの隅のカウンターに落ち着いて、芙美子は「葬り去られる」の意味を尋ねた。

「二人は似すぎているんです。結核、麻薬中毒、乱れた女性関係、そしておそらく、いや間違いなく早世。太宰はせっかく己の破滅的な生き方を壮絶なまでに晒す私小説作家像というものを命がけでつくり上げてきたのに、それは二人はいらない。二人もいては困る。どちらが文学史上に名を残すかの戦いですわ。……太宰はオダサクの中に自分を見た。当たり前ですな、太宰の分身、大庭葉蔵が取り憑いているんですから。ややこしい話や」

　織田はまた少し咳き込んでから続けた。

「両者が初めて相まみえた座談会は巌流島の戦いでした。オダサク、私はわざと二時間遅れて行ったんです。それで太宰と坂口安吾は始まる前に泥酔してしまった。私は優位に立ちました。それからうまいこと安吾が私を真の戯作者として認め出したんです。それこそ太宰が目指していたものですからね。小次郎ならぬ太宰、敗れたり。逆上した太宰は一計を案じた。このままオダサクに突っ走られては自分が苦労して世間に印象づけたものをすべてかっさらわれてしまう。この勢いであと一、二年もしたらすごい作品を書いてしまう。一刻も早く殺さなければならない。しかもつまらない死に方をさせる必要があった。劇的な死に方をされてはかえって伝説になる可能性、危険性がありますから。そうして何としても抹殺しなければならんということでずいぶん無茶な誘い方をしてきよる。毎日ルパンや」

そのときカメラを持った男が店に入ってきて、織田を見るとうれしそうな顔をした。

「おお、林さん。こちらは……、おっと、こちらも林さんだ。おもろいな。あの有名な林芙美子さん。林忠彦さんは私を最近よく撮ってくれるカメラマンさんですわ」

「私は撮らなくていいわ」

芙美子がきっぱり告げると、林忠彦はにやりと笑って、

「あの方とは違いますな」

織田が芙美子に説明した。

「太宰さんと来たときに、林さんがあんまり私をパシャパシャ撮るもんだから、あの人嫉妬して『おい、俺も撮れよ。オダサクばっかり撮ってないで、俺も撮れよ』ってわめいたんですよ」

「私、太宰さんって知らなくて、一瞬むっとしてしまいました。なにしろ文士を撮り出したのは織田さんが初めてなんで」林忠彦が頭を掻いた。

「でも太宰さん、べろべろに酔ってたはずなのに、写真に撮られるとき大きな兵隊靴でうまいこと椅子の上にあぐらをかいたなあ」

オダサクはそう言って笑った。

4

十二月に入って織田は大量の喀血をし、絶対安静になったと苑が報告してきた。芙美子はすぐに芝区にある入院先の東京病院に駆けつけた。改造社の近くで、なじみのある一角だった。

殺風景な病室のベッドで、織田は布団に埋もれていた。

「織田さん、いや、葉さん、どう。元気にならなくちゃ」

芙美子が声をかけると、織田が顔を出して、

「いやあ、苦しいもんですなあ。死に神みたいな私でも、苦しいものは苦しい」

そう言って、力なく笑った。

「だから、あなた『死神』なんて小説、苦しまぎれに書いたの」

「そうそう。でも、面白いでしょう。この人の発想。死に神が乗り移るのは汽車なんだ。無機物に死に神や怨霊が乗り移るって前代未聞でしょう。だから僕は新たな力を得た気がする。あなたも私に関わりになると、近親者が汽車絡みの事故で死にますよ。気をつけてください。なんてね」

「そういえば今あなたが新聞連載中の『土曜夫人』には、汽車のデッキから人を突き落とす場面があったわね」

そう話しながら芙美子は自分の身内の顔を頭に浮かべた。母のキク、六敏、苑、そして、大……。背筋を冷たいものが走った。

そのとき織田は激しく咳き込んだ。

「どうも、太宰に毒を盛られたようです」

「えっ、毒って」

「まあ、そんなことはしないでしょうが、あの人と飲むようになって病気が悪化していったのは確かですね」

「園ちゃん、初世さんの敵をとる前にあなたが死んだら駄目でしょうが」

「だから、急いで打ち合わせしたいんです。林さん、待ってたんですよ。いよいよ、われわれの最後の作戦を始めましょう。決行の時ですよ」

「どうするの」

「いい案があるんです。私の葬儀が終わったら、昭子とひと芝居打ってください。なにしろ女優ですから、きっとうまくいきますよ」

オダサク、いや大庭葉蔵はひそひそと芙美子につぶやいた。

## 5

年が明けた昭和二十二年一月十日、織田作之助は結核で死亡した。三十三歳だった。死に水を取ったのは昭子ひとり。

十一日、病院の近くの寺で通夜があり、十二日には桐ケ谷火葬場で荼毘に付された。太宰治もやってきた。黒いマントのように見える二重廻しを着ていた。いよいよ最終対決の時がやってきたのだ。芙美子は身の引き締まる思いで太宰に挨拶した。

織田の二人の姉や昭子とともに、芙美子と太宰も作家仲間として骨を拾った。骨揚げの後の精進落としの会食は、芙美子の紹介で銀座の料亭でやることになった。親族や作家、編集者ら十人ほどが集まった。

太宰がまず立ち、「織田君は、死ぬ気でものを書きとばしている男でした」と挨拶した。「書きとばしてはないだろう。この男のこういう人を小馬鹿にしたところが嫌いだ」と芙美子は思った。次に織田の義兄が立って、二人の姉たちがこれまでどれだけ織田を援助してきたか、ということをくどくどと話し始めた。どうやら姉たちは、織田の印税収入を愛人の昭子に持っていかれるのではないかと心配しているようだった。それをはっきり言えないので話がくどくどと長くなるのである。

昭子の隣に座っていた芙美子は「妻ですよ、あしかけ四年も暮らした妻ですよ……」とつぶやいて優しく昭子の肩を抱いていた。

すると太宰は何を思ったか話をさえぎって昭子のほうを向き、「分かりました。この人のことは僕たちが引き受けようじゃないか。織田君の印税は、大阪のお姉さんたちに持ってっていただきましょう」と言って話をまとめてしまった。

姉たちや昭子が引き揚げたあと、芙美子は「ここだ」と思って、太宰に向かって思い切り声を荒げた。

「あんた、何てこと言うのよ、格好つけやがって。あれでうまく場を収めたつもりかい」

その剣幕に座は静まり返った。

「織田も昭子も宿無しなんだよ。稼いだ金は全部ヒロポンだ。その上あんたのせいで昭子は織田が死んでも何ももらえず文無しだ。喀血のときあんまり苦しそうだから口から血を吸ってあげたという女にする仕打ちかい！　金もなくてどこに住むんだよ。僕たちがあの子を引き受けるって言ったって、あんたんとこは他人を寝かす部屋なんてありゃしないでしょう。昭子は私が引き取るしかないじゃないか。どうしてくれんのよ」

確かに三鷹町下連雀の太宰の家は小さな借家で、長女園子と長男がいて妻美知子は第三子を妊娠中だった。太宰は執筆のために別に部屋を借りていたほどだ。芙美子の広々とした自宅には比べようもない。太宰の発言が他人任せの思いつきであるのはあきらかだった。怒鳴りつけられた太宰はうなだれて、一言も返せない。

編集者の一人が恐る恐る「それではそろそろお開きということで」と言って、男たちは次々と退散していった。

織田の告別式は二十三日、大阪の寺で行われた。

そのすぐあと、芙美子は講演会で大阪に行った際に、姉の一人と会って、精進落としのときの礼を言った。すべてぐるだったのだ。昭子が愛人などではなくどれだけ苦労を共にした伴侶であるか、姉たちはごく身近で知っていたのである。芝居は、骨肉の醜い争いを目の前で見せつけられれば、太宰はきっと適当なことを言い出すに違いないとの読みだった。芙美子はあらためて、昭和十九年以降の織田の著作権収入について昭子のことを考慮してほしいと申し入れた。

ところが計算違いだったのは、姉たちが本当に渋ちんだったことだ。姉の一人が「ちよ」という名前だったので、芙美子は川端の因縁話を思い出して不吉な予感がしていた。そして四月下旬、織田の百日忌法事のあと、昭子は親戚一同に取り囲まれ、織田の一切の財産に対して昭子には権利がないという念書に署名捺印させられた。

ただし、京都の下鴨に織田が原稿料を前借りして買った小さな家だけは昭子にくれた。昭子はここを五万円で売り払って、骨揚げの日の話どおり、下落合の芙美子の家に居候を決め込んだ。もちろん一文無しとの触れ込みである。

## 6

芙美子は作家仲間に昭子の悪口を言って回った。

「蒲団は敷いたら敷きっぱなし、たたむってことを知らないのよ。上げ膳据え膳てのはこのことだね。家のことは、いっさい手を出さない。何様なんだろうね、居候なんてもんじゃないね。わたし、ひどい目に遭ってますよ」

語気強く愚痴るのだったが、これは昭子と打ち合わせの上でのことだった。実のところは芙美子は昭子のような美人が大好きだった。むしろ家事などさせないようにしていた。女中も居候もいて手は足りているのだ。いつも近くにいさせて、買い物も一緒に出かけて高価なコートなどでもプレゼントした。

しかし外部に向けては、オダサク未亡人を太宰の軽率な一言で文無しにしてしまったこと。その昭子を芙美子が引き取って、多大な迷惑をこうむっていること。この話をしきりに流すことによって太宰を精神的に追い詰めるのだ。きっと太宰は死にたくなる。しかし、一人では死ねない人間だから相手を捜すだろう。そこへ強固な意志の持ち主である奥菜富栄を送り込めば……。オダサク亡きあと大庭葉蔵の行方が分からなくなっているが、この分なら葉蔵なしでもうまくいきそうだ。

太宰もすごい勢いで仕事をしていた。『新潮』七月号から連載の始まった「斜陽」は次第に評判を呼び、これまでの太宰の小説にはなかった広範な読者を獲得しつつあった。

そんなときに井伏鱒二が血相を変えて飛び込んできた。

「大変なことが起こった」

「どうしたんですか。井伏さんがそんなに慌てるなんて珍しい」

「今度という今度はあの男は許せないよ」

「えっ、あの男って、太宰?」

「そうだよ。今やってる太宰の『斜陽』ね。あれは太田静子って人の日記をほとんどそのまま書き写したものなんだよ」

井伏は叫ぶようにそう言った。

「えっ、盗作ってことですか」

「うむ……。たとえ素人が書いた手紙でも日記でも、気持ちや考えを創作的に表現してあれば、それは著作物なんだ」

「刊行されていなくても？」

「そう。刊行物なら誰かの目にとまっていずれはばれるだろうから、むしろ刊行物より悪質とも言える」

「でも、その人の了解は得てるんでしょう」

「太宰にねだられて日記を渡したわけだから、小説の材料にされることは分かっていただろう。でも、参考にするくらいで、まさか自分の表現をそっくりそのまま使われるとは思ってもいなかっただろう。もちろん、基となる資料があることも注記していないしね。自分の署名で創作物だと銘打っているものがそうではない他人のものなのだから、倫理的にも許されざる大罪だよ」

芙美子は絶句していた。井伏は続けて、

「実はこれまでにもいくつかあった。『女生徒』とか『正義と微笑』とか……、あれも他人の日記をもとにしているんだ。さらに言えば、太宰の代名詞のようになっている『二十世紀旗手』のエピグラフ『生れて、すみません』も友人の友人が作った一行詩『生れてすみません』なんだ。その男は自分の言葉を奪われたショックで鬱病になり、失踪してしまったよ」

「まあ」

芙美子は一応、呆れた声を出したが、内心、井伏にも「サヨナラだけが人生」事件があるじゃないかと思った。井伏が漢詩「勧酒」の一節「人生足別離」を「『サヨナラ』ダケガ人生ダ」と訳して、名訳として謳われていたが、それは昭和六年に一緒に因島を訪問した帰り、芙美子が井伏に語りかけた言葉であることは気づいていたが、あえて黙っていた。

「しかし今度のは許容範囲を超えている。釈明の余地はない」

「その太田静子さんって、どのような人ですの」

「もとは近江の生まれでね、今は小田原の下曽我に住んで……」

「えっ、今なんと、近江とおっしゃいました⁉」

芙美子は川端が教えてくれた、太宰の先祖が小浜で、美容師の奥菜富栄の実家が近江だという話を思い出して愕然とした。「前世の縁《えにし》というのは馬鹿にならないもんだよ。二人は絶対にくっつく」という川端の言葉がよみがえる。

「まあ聞きなさい」井伏は話の腰を折られたと思ったらしく芙美子の驚きは無視して、

「もともと文学少女で太宰のファンだったんで、友達と連れだって三鷹の家を訪ねてきたそうだ。それが太平洋戦争が始まる少し前だ。それから真珠湾の後に幾度か太宰と会って、日記を書くように勧められたんだな。十九年には太宰はその人の住む小田原の下曽我を訪ねたらしい。それから太宰が疎開先の津軽から帰ってきて、今年の正月に三年ぶりに三鷹で会ったそうだが、そのとき太宰が『静子の日記が欲しい』と要求して、『小説が完成したら一万円あげるよ』とも言ったそうだ」

「まあ、最低」

「それで二月、太宰は日記を借りに下曽我にやってきた。このときに男女の関係を結んだのだろう、この十一月に女の子が生まれているからね」

「えっ、子供まで」

「日記を手に入れたあと太宰は下曽我から伊豆に行って、『斜陽』を書き始めた……というのか、書き写し始めたというべきか。三月にまたすぐ太宰は下曽我を訪れたが、それからは連絡がなかった。それもそのはず、太宰は三月の終わりに地元三鷹の美容師と知り合ってね、五月はじめにはもう関係ができたらしい。もう二年半くらい生死が分からないとはいえ、夫のある女なんだよ」

　芙美子は「あ」と声が出そうになった。「二人は絶対にくっつく」という川端の〝予言〟どおりになっている。

「静子さんは妊娠が分かってその相談で五月二十四日に三鷹まで太宰に会いに来たんだが、もうそのときはその新しい愛人もいるし、太田静子とはそれっきり、最後だ。ぼくはその場にいなかったもんだから、だいぶたってからその五月二十四日の話を耳にして、なんかおかしいと思ったんだ。それで太宰に聞いてみたら、あいつは淡々と全部しゃべったよ。美容師のこともたしなめたが、七月に入って夫の戦死の報が届きましたからって、それだけさ」

　芙美子は驚きつつ、

「その盗作問題は、これからどうするんですか」

「困り果てている。ぼくが黙っていれば、世間にはばれないかもしれない……」

「でも、私が知ってしまいましたよ」

「いや、それは口止めする気はないよ。天網恢々、悪事はいつかは明らかになることだからね。林さんにまかせるよ」

「じゃあ、とにかく太宰さんに私の家に来るように言ってください。そうですねえ、例の織田昭子の件で話を付けたがってるとでもおっしゃってください。私が何とかします」

何とかします、とは言ったものの、芙美子に名案があるわけでもなかった。鎌倉の川端のもとには苑をやって状況を知らせた。

十二月になると連載をまとめた『斜陽』が新潮社から刊行され、予想通りの評価を得てベストセラーになり始めた。

そして十二月下旬になって太宰は芙美子宅にやってきた。

弟子のような男と、三十歳くらいの眼鏡をかけた神経質そうな女と一緒だった。「ははーん、これが」と芙美子はすぐにぴんと来た。太宰はいつもの黒マント姿。見事な鴨に赤いリボンまでかけて手土産に持ってきた。

芙美子は大喜びで庭に面した座敷に通し、床の間を背にして太宰を座らせた。とうとうおびき寄せられてきたんだと思うと、腹も立たずうれしかった。国産の最高級ウイスキーを出した。

太宰はまず、

「先生の『うず潮』には感服しました」

ひと月前に新聞連載の終わった小説を挙げて、お世辞を言った。この男はまた読みもせず、この弟子かなんかにあらすじを聞いて適当なことを言っている、と思った。以前にもそういうことがあったのだ。

「それよりあなたの『斜陽』、売れ行きがすごいじゃないの」

芙美子は探りを入れてみた。しかし、太宰は少し頭を掻いて見せただけで、本題はあくまで昭子のことだと思っているようだ。

「私の失言でどうもご迷惑をおかけしました」

太宰は神妙に言った。芙美子はさっと話題を変えて、

「いいえ、いいえ。そのことはもういいのよお。よく来てくださいました。飲んで、飲んで。お酒はお好きなんでしょう」

広い家だが大家族で手狭なのだと認識させないといけないので、夫の六敏や母のキク、苑も呼んで座らせた。太宰は六敏の上手くもない絵を一生懸命褒めながら、ウイスキーをがぶ飲みしていた。酔いの勢いを借りるように、昭子に向かって、

「林芙美子という大きな屋根の下に隠れてちゃいけないよ。あんた世の中へ出て、働きなさい。靴下一足のためにだって身を売るご時世だ。遊んでちゃいけない、働きなさい」

と叱るように言った。

太宰が便所に立ったとき、眼鏡の女がさっと付いていった。その後ろ姿を眺めて芙美子は、

「いっときも離れない感じね。なるほど、監視役としてぴったりだわ。この人から逃げ出すことなんてできないわね」

内心ほくそ笑んだ。

きょうのところは油断させておこう。

## 7

それからすぐに年が明け、二十三年一月に前年と同じ銀座の料亭で織田作之助一周忌の集まりがあった。

芙美子は坂口安吾の姿を見つけて、

「あらあ、先日は夜中に押しかけてごめんなさーい」

安吾は苦笑して、

「あれ、深夜の二時半ですよ。何人も引き連れて、仕事の邪魔をしないでくださいよ」

「あなたが忍術使いのように面白い作品をどんどん書くから、どんなふうに仕事をしてるのかスパイしに行ったのよ」

「そんな、林さんこそすごい量の仕事をこなしてるじゃありませんか。ほんと、負けん気が強いんだから」

安吾は親友の矢田津世子としばらく付き合っていたので、芙美子にとって気安い相手である。矢田は芙美子と同じく『女人藝術』から世に出たが、戦争中に結核で亡くなっていた。

それから芙美子は安吾相手に、オダサクから引き取った昭子が布団も上げず茶碗ひとつ洗わない、という得意の話を吹聴した。それから、あてつけがましく向かいにいる太宰に、

「太宰さん、オダサクの最期に負けないためには心中するしかないんじゃないかしら。でも奥さまは殺したくないだろうし、夫婦じゃしゃれにもならない。この間のあの女の人ならあなたと死んでくれるわ。大した惚れようでしたから」

坂口はなんて失礼なことを言うのか、とあきれて芙美子の顔を見ていたが、太宰は言い返さなかった。

「見事心中して見せてくれたら、私はあなたを主人公にした小説を書いてあげる。約束するわ」

芙美子はそう言って、どうだ、とばかりに太宰の顔をながめた。

太宰はまるでオダサクのように咳き込んで、

「どうも最近いけなくてね。林さんのご高説は興味深いが、僕はこれで帰ります」

そこで芙美子は爆弾を投げつけた。

「あんたね、『斜陽』のことは聞いてるわよ」

太宰の顔がさっと青ざめた。それだけですべて分かったようだった。

「井伏さんから聞いたのか……」

太宰は顔を歪ませて、振り絞るように言った。

それで腹をくくったのかまた腰を落ち着けて、すごい勢いで酒を飲みはじめた。「けっきょく先に死んだ奴が勝ちだ」と言って、オダサクやモディリアニのことを長々としゃべり続けていた。

おひらきになって芙美子は料亭から自動車を呼んだ。したたかに酔っている太宰に「方向が一緒だから」と声をかけて、昭子を挟んで後部座席に三人で座った。

太宰はまだ死ぬ話を続けていて、

「林さん、一緒に死んじまいましょう」

と言った。

「こいつ、とうとう私にも声をかけやがった。相手は誰でもいいのか」

そう思いながら芙美子は、

「いいですよ。一緒にマンホールにでも飛び込みましょうか」

と勝ち誇ったように笑った。

この日のすぐ後、太宰は再び芙美子宅にやってきた。

芙美子はいつもの徹夜明けでぐったりと横たわり、自分でも起きてるのか寝ているのか分からない境界を意識が彷徨っていた。六敏がそっと書斎をのぞいて太宰の来訪を告げた。

「一人？」

「一人だ。昭子さんは丸ビルで本屋をやってはどうかって言ってるよ。就職話を持ってきたようだ」

「よっぽど昭子の居候を心苦しく思ってるのね」

いや、実は『斜陽』の件を芙美子がどうするつもりか、気になってしょうがないのだな、と思った。昭子への心配の方が今や口実になっている。

「親切で来てるんだから、会ったらどうだ」

芙美子は、じらしてやれと思った。

「うーん、きつい。会いたくないなあ。そうね、じゃあ、太宰さんに『オダサクを書くより、あなたのことを書きたいから、先日のことご決断ください』って言っといて。そう言えば分かるはずだから。それと門の外に絶対、この間の女のひと、奥菜――いや、旧姓に戻って山崎って言ったかしら――富栄さんがいるはずだから、太宰さんに内証でこう伝えといて。『太宰さんは必ずあなたに死のうって言い出すわ。でもあなただけ死んで、あの男だけ生き残るかもしれない。そうならないように、しっかり体を縛っておきなさい』って」

「そんなことを言っていいのか」

「いいの、いいの。必ず伝えてね」

六敏が出ていってから、芙美子は考えた。

人間ってこれだけ心中を暗示すれば、本当にやるもんだろうか。普通の人間ならやらないだろうが、あの男は潜在的な自死願望が強いからきっとやる。いいのだ、花ちゃんと初世さんのことに加えて、今度は創作の不正、そのうえ、子供までつくってその女を捨てるなんて許されることじゃない。

芙美子は、六敏がほったらかしにしているアトリエに籠もって油絵を描き始めた。太宰治の肖像画をスーティン風に描いて、渡してやるつもりだ。「狂女」ならぬ「狂人」だ。

その後、太宰の様子は苑に探らせていた。

それによると太宰はしばしば喀血して、ひどく容体が悪いということだった。

# 第四章
# 風も吹く、雲も光る

# 第四章　風も吹く、雲も光る

## 1

昭和二十三年六月十五日、太宰治が愛人山崎富栄とともに家出したと朝日新聞に小さく報じられた。それから三鷹署が二人は玉川上水に入水情死したと断定したことから、十六日には各紙が大々的に報じた。まだ遺体は見つかっていない。

芙美子はさすがに驚き、すぐ三鷹の太宰家に駆けつけた。作家の誰よりも早かった。それから毎日、下落合と三鷹を往復した。遺留品が見つかった現場の土手には滑り落ちた跡があった。川幅は狭いが急流で、深いところは四メートル半あるとのことだった。雨が降り続くなか、そこを筏で捜索するのだが、なかなか見つからない。

十九日早朝、現場から一キロ下流で、通行人が二人の水死体を発見した。芙美子はまたすぐに三鷹に行ったが、二人の遺体は固く抱き合っており赤い紐で結んであったと聞いた。山崎富栄が自分のアドバイスを取り入れたとは思えないが、彼女なりに自分だけが死ぬことへの危惧はあったのだろう。

二十日太宰の自宅で告別式があった。井伏は葬儀副委員長をしていた。芙美子はそこで懐かしい顔を目にした。津島家の御庭番、中俣慶吉だ。もうすっかり初老の男になってい

る。向こうも懐かしがって、

「わあ、林芙美子さん、忘れもしない昭和五年ですから、十八年ぶりですなあ。あれから、修治さんも芙美子さんも大作家先生になられてねえ……」

芙美子が「惜しいことをしました」とお悔やみを言うと、中俣は声を低くして、

「それがねえ、あなただから言いますけど、以前ここに来たとき、昭和十五、六年でしたかねえ、玉川上水のそばを歩きながら修治さんに話したんですよ。『あなたは女性によって、しかも水によって死ぬ運命にあるんだから、この玉川上水なんかいい場所ですよ』って。もちろん冗談ですよ。そしたら修治さんは『私もそう思ってました』って真面目に答えるんですよ。私はびっくりして、それ以来、三鷹に来るたんびに警察署に土産を持っていって、『こういう文士がいて自殺の恐れがありますから、どうか目をかけておいてください』とお願いしてたんですが」

二人はいつの間にか家を出て、玉川上水のほうに歩いていた。中俣は警察署と親しいだけあって、いろいろと人の知らない話を知っていた。

「入水した現場はごらんになりましたか」

「ええ。でも、縄が張ってあって、詳しくは」

「私は警官の案内でしっかり見ました。そしたら下駄を思い切り突っ張った跡や、手で滑

り落ちるのを止めようとした跡とか、かなり強く抵抗した痕跡があるんですよ。署長でさえも腑に落ちない点があるが、もう心中だと発表してしまったから、って言うんですよ。発表した以上はなんて、ただの職務怠慢でしょうが、私はもう坊っちゃんが死んでしまったんだから何を問題にしようと無駄ですから何も言いませんでした」

「そうでしたか」

「それから解せないといえば、遺書ですよ。『みんないやしい欲張りばかり、井伏さんは悪人です』と書いてあったっていうんですから」

「えっ」

「私はね、井伏さんがどんなによくしてくれたか一番知ってるんです。心配のかけ通し、迷惑のかけ通しで感謝こそすれ、最後にそんな悪口を書くなんて……残念です。死んだことよりも、そういう坊っちゃんのやり方が残念です。もう新聞記者が嗅ぎつけて書いちゃったから、井伏さんも知ってしまったし」

　芙美子はその新聞記事のことは知らなかった。中保と別れて、急いで太宰宅に引き返し、井伏をつかまえた。

「井伏さん、すみません。私が彼を『斜陽』について非難したばっかりに、遺書に変なことを書かれてしまって」

「いいや、ぼくがあなたにしゃべったことが軽率だったんだ。……それに、それだけじゃないんだ。この三月からぼくの選集が筑摩から出てるだろう。全巻の解説を太宰が担当してたんだが、それでぼくが昔書いた作品を読んだんだな、『薬屋の雛女房』という十年も前に書いたものなんだけどね。当時、『婦人公論』のユーモア小説特集に出たから、太宰が読んでるはずがない。パビナール中毒時代の太宰をモデルにした。彼はよく自分の惨めさをネタにするだろ。だから、そんな太宰を太宰的文体で書いた、まあ、パロディーさ。それがどうも癇にさわったらしい。突如として仲がぎくしゃくした。あれは自分が人を小馬鹿にするのは得意でも、自分が茶化されるのは許せないんだな。それにしても、まさか遺書に悪口を書かれるとはね。文学史に残ってしまったよ」

井伏は口では芙美子のせいではないと言いながら、自分ばかりが悪人にされて機嫌が悪いのは明らかだった。苦々しい表情をしていたが、ふと、思い出したように、口調を改めた。

「あ、そうそう。押し入れから太宰の自画像が出てきたんだよ。四号くらいの油彩なんだがね。みんなは自画像だ、自画像だというんだが、ぼくはちょっと解せなくてね。まあ、太宰が描いた落書き程度のものは知ってるが、これは少しいいんだ。太宰にしちゃあ上手すぎる。あなたが絵をよく描くのは知ってるが……、そういえば、あなたのタッチにも似てるなあ。なにか知らないかね」

芙美子はまさか自分が描いて贈ったとも言えず、

「さあ、分かりませんねえ」

そう答えたが、これでまた、二人の間には白けた空気が流れた。しかし、芙美子はこれがまさか井伏との訣別になろうとは思わなかった。

十七日付の「時事新報」には、〝悪人〟にされたことについて井伏は「太宰君は最も愛するものを最も憎いものだと逆説的に表現する性格だからそういうつもりでいったのだろう」と苦しい理屈を記者に語っていた。

太宰は三鷹の禅林寺に、富栄は文京区の永泉寺に別々に葬られた。これもモディリアニとジャンヌのようであった。ただ、モディリアニとジャンヌは十年後にあらためて一緒に埋葬されたそうだが、この二人は永遠に許されることはあるまい。

## 2

『人間失格』が、太宰の死の直後の七月、筑摩書房から刊行された。これは同社の雑誌『展望』六月号から八月号まで連載されたばかりだった。この作品で太宰は相当に心身を消耗したと聞いて、芙美子は本を手に取った。

そこには大庭葉蔵がいた。

『道化の華』以来の登場である。芙美子は夢中で読んだ。

葉蔵の性格はだいぶ変わっている。『道化の華』のときは、園との心中事件のあと友人とふざけたりして、ずいぶんはしゃいでいた。

今度は、鎌倉での心中で一人死んだ「ツネ子」が恋しくて、めそめそ泣いてばかりいる。その後、ヒモになって人生を転落していく。ようやくつかんだ仕事は「上司幾太」（情死、生きた）というふざけたペンネームで漫画を描くことだった。悪友とのこんな会話が出てくる。

「花のアントは？」

対義語（アントニム）の当てっこなのだ。

「花に風。風だ。花のアントは、風。」

この答えに対して、葉蔵は違うという。

花のアントは、およそこの世で最も花らしくないもの……女だというのだ。

こんな言葉遊びをしている間に、葉蔵は間男される。

煙草屋の純情な娘ヨシ子を内縁の妻にすることができて、ようやくささやかな幸せをつかもうとしていたときだった。ヨシ子が自分の家で男に犯されているのを目撃する。相手は葉蔵に漫画を描かせてわずかな金を置いていく小男の商人だった。

これを機に葉蔵は滅びへの道をまっしぐらに歩んでいく。最後は狂人、そして廃人と化す。

『人間失格』には芙美子への回答のすべてがあった。

鎌倉で心中相手を死なせたことを悔いていたこと。

そして驚くべきことに、内縁の妻初世が大庭葉蔵に犯されたことを太宰は知っていたのだ。だから、葉蔵にも同じ思いをさせることで復讐したのだ。

鎌倉での心中事件、初世の姦通事件、この二つは太宰が人生の最後の時にどうしても書き残さなければならない痛恨事だったのだ。モディリアニもロイド眼鏡（藤田嗣治）も、自画像のことも出てくる。

許そう。

太宰治を許さねばならない。

昭和五年十二月以来、花ちゃんの無念を果たすことを誓い、大庭葉蔵という悪魔か怪物の力を借りてまで手段を選ばず、ついに昭和二十三年六月、復讐劇を完成した。

これでよかったんだろうか。自分は狂女となり果てていたのかもしれない。芙美子は太宰の苦悩を思い、反省した。

これからも決して、文壇実録みたいなものは書くまいと心に決めた。太宰のことも、オダサクのことも書かない。

ただし、ひとつだけ、決して読者には分からない形で太宰を主人公にしたものを残そう。『人間失格』に対するアンサーソングとして。

## 3

苑が書斎をそっと覗いて、

「編集者の田島周二さまがお見えになりました」

「田島周二？　聞かない名前ね。新しい人かしら」

編集者の控室に行ってみると、それはにやにや笑いですぐに分かった。

「あなた、大庭葉蔵！」

幸いほかには編集者の姿はなかった。

「『人間失格』にはやられましたなあ。読みましたか。私、間男されちゃいました。しかし、あんなことで復讐したつもりになってるなんて、かわいいもんです。私には屁でもありませんよ。あの男、意外とそれほどのワルでもなかったのかもしれません。ちょっと残酷だったかなあ……」

「あなた、何かしたの」

「ふふ、林さんは自分が追い詰めて殺したと思ってるんでしょうが、人間二人が死ぬってことはそう簡単なことではありませんよ。だから、私がとどめの決定打を打っておきました」

「何よ」

芙美子は目をきっと吊り上げて訊ねた。

「私は本当に編集者をやってるんです。しかも、太宰担当の編集者に乗り移りました。太宰は最後は本当に病気が悪くなってましたから、原稿の清書は山崎富栄にやらせる、また、ついには口述筆記を編集者にやらせるようになってました。私もあの滅茶苦茶な『如是我聞』をやらされましたよ。あんなひどい内容、私みたいな悪魔じゃなけりゃ、できない仕事ですよ。それで、太宰の遺作の『グッド・バイ』はご存じですね」

「あ、あれか、田島周二はあの主人公ね。もちろん津島修治のもじりね」

「ご名答。その田島周二には愛人が十人もいる。しかしふとそんな暮らしに嫌気がさしてまともな人生を歩もうと決意する。そこで黙っていれば絶世の美女に見えるキヌ子を妻ということにして伴い、愛人たちを順番に訪ねてその十人全部と別れようという話です。それで、まず誰よりも先に絶縁を告げに行く愛人というのはどんな女だか覚えてます?」

「覚えてるわけないわ」

「三十前後の戦争未亡人の美容師なんです。これ全くそのまま山崎富栄じゃないですか」

「えっ、それを本人に清書させたわけ」

「実は私が原稿をそんな設定に書き替えて富栄に渡したんです」

「道理でプロの作家にしてはあまりにお粗末な作品だと思った」

「こりゃ、お言葉で」

「でも、ほんとに残酷ね」

「ついつい、その美容師も美人だが、キヌ子に比べたら『銀の靴と兵隊靴くらいの差がある』なんて書いてしまいました。自分の人生を棒に振ってまで尽くしてる女に対して、こんな馬鹿にした話はありません。富栄の死の決意は確固たるものになったでしょう」

「なるほどね。確かにあなたがとどめを刺したんだわ。どう、それで。ある意味、自分自身を殺した気分は」

「女を殺して作家人生を始めた男が、女に殺されて作家人生を終わるという一つのストーリーを完結したわけです。よかったんですよ」

「殺されたの？」

「太宰は病死ではなく、どうしても情死する必要がありました。しかし度胸のない人間だから、なにがなんでも遂行しとおす意志のある女を相手にしなければならなかったんです」

「あなた、これからどうするの」

「太宰治っていうのは正直言って、私から見てもそれほどの、日本文学史に残るほどの、って意味ですが、才能はなかった。これはお世辞じゃなく、林さんのほうがずっと才能はある。ただ、妙に人を引きつける男ではあったんです。いつの時代もみんな不良が大好きですからね。そんな周りの人たちすべてにこれから回想記を書かせようと思います。それできっと太宰は才能以上の評価が与えられることになるでしょう。そうなればぼくの名前も永遠に残るわけですし。ま、そんな文学者が一人くらいいたっていいでしょう。これからそれを仕事にしますよ。けっこう気に入ってるんです、編集の仕事」

芙美子はそれを聞きながら、死後に勝つ、確かにそれが太宰の最後の望みだったに違いないと思った。井伏鱒二より織田作之助より林芙美子より、太宰治の方が死後の評価は高くなるのかもしれない。まさか川端康成を抜くことはあるまいが。

## 4

八月になると、編集者の田島周二こと大庭葉蔵がとんでもないニュースを持って、また芙美子の家にやってきた。

「七月末に、井伏たちが太田静子のところに行ったそうです」

「あの斜陽の人？　何のために」

「井伏に言わせると、向こうから『斜陽』の印税を要求してきたっていうんですが、怪しいもんです。早い話が口止めに行ったんでしょう。金十万円也を渡して、その代わりに、今後、太宰治の名誉及び作品に関する言動を一切慎むという内容の誓約書を交わしてきたっていうんですから。そのとき例の〝斜陽日記〟を返却したそうですが、そのことは口外するなってことですよ」

「それを太田さんは承諾したの」

「ま、こんな時代に乳飲み子を抱えて女一人生きていくのは、不安だらけでしょう。そりゃあ十万円は受け取りますよ」

「でも、井伏さんがどうして。あの人、太宰の遺書で『悪人』って書かれたのよ。どうしてそんな太宰の尻拭いまでしてあげなきゃならないの」

「井伏は十年前に『薬屋の雛女房』という、太宰をモデルにした作品を書いてましてね。それを選集の解説者である太宰が今年になって目にするところとなったわけです」

「あ、それ、井伏さんが言ってた。それを読まれてから、仲がぎくしゃくし出したって。太宰のパロディーなんでしょ」

「パロディーなんて甘いもんじゃないですよ。麻薬中毒患者の男がいかに上手く薬屋の奥さんから〝魔薬〟を騙し取るかが、実にリアルに描いてある。その男をはじめは眉目秀麗な青年なんて書いてますが、後では『霊の抜けた生きている死骸』って呼んでる。ちょうど私が太宰から抜けるころの話ですから、やっぱり文学者ってのは鋭いスね。それからその男は精神病院に入れられるんですが、太宰には触れられたくもないだろう入院患者の運動会の様子なんかが出てくる。そして最後には半白の中老人なんていう謎の人物が病室にやってきて、その太宰と目される男が操觚《そうこ》界すなわち文筆の世界を去るので感に堪えないという嫌な台詞を吐いて終わるんです」

「でも、十年も前の作品だったら、気にしなくていいじゃない」

「いいえ、逆に太宰にとっては十年も前に自分が笑い物にされてたってことが重大なんです。

しかも最も苦しかった時代のことをあげつらわれて。そんなに自分を見下した気持ちで、井伏はずっと後見人をしていたということなんですよ。そりゃあショックでしょう、憎さ百倍、いや一万倍、『悪人』呼ばわりもむべなるかな、です」

「そのことを井伏さんは後悔して、太宰のために尽くしてるってわけ？」

「つまり、林さんは『斜陽』の問題で、私は『グッド・バイ』で、井伏は『薬屋の雛女房』でそれぞれ太宰を心中に追い込んだと思っているわけだ。ははは、面白い」

「でも私、井伏さんに心底、失望した。自分が正しいと思うんなら、毅然としてればいいのよ。そんな愛人のもとへ押っ取り刀で口止めに行くなんて。自分の罪滅ぼしのために女を泣かせていいわけ？　オダサクのときの昭子と同じね。すべてを放棄させられて。私が許さないわよ」

「おっ、そうこなくちゃ、林芙美子らしくないですよ」

あのときのように、今度は太田静子を助けねばならない。

昨年生まれたという女児を引き取って育ててもいい。なんなら母子ともども、この家で暮らせばいいのだ。井伏たちに十万円を叩きつけて返し、ぎゃふんと言わせてやりたい。

そこは小田原郊外の下曽我という所だった。

ちょうど同じ村に尾崎一雄がいたので、その病気見舞いのついでという口実で訪ねることにした。

駅からつづら折りの坂を登っていくと、梅の木と竹やぶに囲まれた山荘があった。門をくぐって茅葺きの屋根の玄関から「こんにちは。林です」と声をかけた。どこか中国風の趣味のある建物である。

「はい」と返事があって出てきたのは、とても上品な感じの女性だった。三十代半ばとは思えないお嬢さんぽさを残している。

飾り棚に観音像の置いてある居間で静子は、

「こんな田舎までよくいらっしゃいました」

「実は私もっと田舎かと思っておりましたが、曾我兄弟のお寺があって、とてもいい所じゃありませんか。だから下曽我って言うんですね」

「こんな山荘ですが、戦前、高浜虚子が句会をしたこともあるそうです」

女の赤ちゃんは可愛かった。

治子、というのだという。

抱かせてもらって、相模湾を望む庭に出た。石段を下りて、小さな池の周りを歩いた。森からたくさんの鳥の声が聞こえる。

「治子ちゃん。ちゃんとお父さんから名前をもらってよかったねえ」

芙美子はそう言ってあやした。赤ん坊はすやすや眠っている。ふっくらとしたほっぺに頬ずりすると甘い匂いがする。

「太宰治の娘……」

欲しい。太宰の失われた命の分まで慈しんで育てたい。

「しかし、こんな可愛い子を手放すはずもない。くださいなんて、とても言えたもんじゃないわ」

芙美子は作戦を変えることにした。静子のほうを振り返ると、できるだけ軽い調子で、

「ねえ、よかったら赤ちゃんと一緒に、私の家で暮らしましょうよ」

静子ははっと顔をこわばらせた。それからおずおずと、

「私、東京に出ていくのは怖いんです」

おかしなことを言う人だ、と芙美子は静子の顔を見たが、

「そうですね、ここのほうが子供には環境がいいわね。私これからも訪ねてきますから、赤ちゃんまた見せてくださいね」

そう言いながら、赤ん坊を静子の手に返した。すると静子は、

「この子はめったに泣かない子なのに、会ったこともない太宰が亡くなった夜、火がつい

たように泣き出してやまなくなったんです。それほど濃いものが流れているというのに……八王子の裁判所から、遺産放棄の申述書っていう書類が届いたんです。なんか、どんどん、私たちと太宰とを切り離す手はずが整えられていく。東京にいる人たちはそんな人ばかりみたい」

「ほんとね、実は私、そのことに腹が立ってこちらに伺ったんですよ」芙美子はやはり善意のけじめは付けてほしいと考え、「このままじゃいけないと思います。あなたは十万円受け取って、『斜陽』の秘密は語らないつもり？　そんな必要ないわ。十万円なんて当然の権利だし、太宰治の名誉に反した、作品に関することは語らないって誓約書があったって、事実そのものを公にしないなんて約束してない。そうね、いい方法があるわ。あなたの日記をそのまま刊行すればいいのよ。太宰の『だ』の字も出さなくていいの。判断は世間に任せるのよ」

　静子は芙美子の熱弁に目を丸くしていたが、最後は納得したようにこっくりとうなずいた。

「じゃ、負けちゃ駄目よ」

　芙美子はそう言って辞した。太宰の娘をこの手に抱いた、その感覚だけでも来てよかったと思った。

5

新潮社が「世界の絵本」という大がかりなシリーズを出すことになり、芙美子も「家なき子」「フランダースの犬」「アルプスの山の娘」を再話の形で書くことになった。その打ち合わせで、久しぶりに村岡花子に会った。

「そうそう、あなた、宣教師からもらった何とか言う本を翻訳するって張り切ってたけど、どうなった?」

「やったわよお。戦争中、大森の自宅でずっと」

「えらいわあ! 戦争中に敵性語をせっせと訳すなんてね。あなたじゃなきゃできないわ。私なんか疎開してる間、ペンも執らなかった。それで本になるの?」

「ようやく決まった。『赤毛のアン』っていうタイトルでね」

「『赤毛のアン』、いいじゃない」

「それがねえ、主人公のアンって、芙美子さんにどこか似てるのよ」

「えっ、まさかあ」

「あなた、ほら、『一人の生涯』とか『耳輪のついた馬』とかに子供のとき親から離れて、鹿児島の親戚のうちに預けられて苦労した話を書いてるでしょ。アンもね、子供のときに両親が亡くなったもんだから、いろんな所に預けられるのよ」

「なーんだ、そんなことか。私、カナダ人に似てるのかと思って喜んじゃった」そう言って苦笑いすると、「母があなたのファンでねえ、私のものは駄目ですって」

村岡はとても大切なことを切り出すように神妙になって、

「ところで、前から言おう言おうと思ってたんだけど」

「何、あらたまって」

「あなたの代名詞の『花のいのちはみじかくて』だけど」

「あら、なに」

「この詩、私の命が短いって言われてるみたいで嫌だわ」

と言われ、芙美子は大笑いした。

「あなたは花子なんだからいいじゃない」

「それが私、本名は花なのよ」

「あら、そう。じゃあ、分かったわ。あなたには別な詩をあげる」

ちょうどいい機会だ。この詩に太宰を糾弾する役割は終わった。もっと明るいものにしよう。そのとき、『人間失格』に出てくる対義語（アントニム）の言葉遊びを思い出した。

「花に風」「花にむら雲」……。うん、風と雲を使おう。こうして「花のいのち」の詩を改作したものを村岡花子に贈った。

風も吹くなり
雲も光るなり
生きてゐる幸福《しあわせ》は
波間の鷗のごとく
漂渺《ひょうびょう》とたゞよい

生きてゐる幸福《こうふく》は
あなたも知ってゐる
私もよく知ってゐる
花のいのちはみじかくて
苦しきことのみ多かれど
風も吹くなり
雲も光るなり

「うん、これはいい。やっぱり、生きているのが幸福よ。これからはこれでいこう」

芙美子は満足そうにつぶやいた。太宰みたいな作家は二度と出てはいけない、と思った。

## 6

昭和二十四年十一月、芙美子が太宰と自分を念頭に主人公の男女を設定した「浮雲」の連載がついに始まった。

富岡とゆき子。二人の先には「死」があるわけだが、どっちが死ぬのか、あるいは二人とも死ぬのかは決めていない。

戦争中のフランス領インドシナをある種の楽園として舞台設定する。そこでの仕事で知り合い、日本から遠く離れてのびのびと恋愛を楽しんだ二人。

それと敗戦直後の荒廃した東京で再会した二人を対比させれば、明と暗がくっきりする。夢が覚めてみれば、富岡は母親と妻を抱えるさえない中年男。ゆき子はもう若くもない、将来に望みのない孤独な女。富岡の妻にゆき子の顔を見られても、二人は池袋のバラック旅館に直行するしかない。繋ぎとめているのは肉体の思い出しかないのだ。

何の感動もなく、昼間から敷き放しの蒲団に二人は寄りそって、こおろぎの交尾のような、はかない習慣に落ちてしまうのである。

「こおろぎの交尾」で芙美子を暗示しておいてから、次にはちらと太宰の影を潜ませる。

日の落ちるのを眼の前にして、ゲッセマネに於いての、残酷なほどの痛ましい心の苦闘を、もう一人の分身として、そこに放り出されている現実の已れに富岡は委ねてみる。神若し我等の味方ならば、誰か我等に敵せんやである。

ゲッセマネで祈るイエスを売るユダになりきって書いた「駈込み訴え」。初世の姦通事件を描いた「姥捨」では、「ユダの悪が強ければ強いほど、キリストのやさしさの光が増す」とユダへの共鳴を示し、妻の裏切りさえ認めた。だから、富岡の心理はこうなる。

この女と共に行くべきであるとも、富岡は想う。両親も家庭も、かりそめの垣根でしかあり得ない気がして、もう一度、その垣根を乗り越えて、この女と人生を共にすべきだと、富岡は酔いのなかで、誰かの声を聞くのだった。

「誰か」とはもう明らかだろう。

焼けぼっくいに火が点くと、富岡は事業をやろうという気も失せていく。

仮定のなかに生きて行くものにとって、これだけの家族は富岡にとっては、堅固な石の中に詰められて息も出ない苦しさだった。

生きていく気持ちも失せていく。

自分を慰めてくれる、自己のなかの神すらも、いまは所有していないとなると、空虚なやぶれかぶれが、胸のなかに押されるように、鮮かにうごいて来る。ゆき子と、二人きりで、いまのままの気持ちで、自殺してしまいたかった。

富岡はゆき子に伊香保に行こうと誘う。芙美子にとって伊香保は、昭和七年以来のなじみの温泉町だった。狭い坂の両側に家々が並ぶ様子にロマンチックな風情があって好きなのだ。

永遠の海のなかに浮いている以上、ちっぽけな人間の心のおもむくままに、好き勝手もいいじゃないかと、富岡は、いざとなれば、ゆき子とともに、枯木の山の中で、果ててしまいたい気持ちだった。
（お前は、俺にていよく殺される事も知らないで、にこにこ笑っているンだよ……）
富岡が考えているのは心中、それも無理心中である。書きながら芙美子も興奮してきた。

富岡は女を殺す場面を空想している。音のない芝居のように、血みどろなゆき子の姿が、ゆるく空想の景色の中で動いている。危険な感情だったが、その危険な思いに這入り込んでゆける勇気が、爽快でさえあった。殺してやる。そして、自分も折り重なって死ぬ。それだけのものだ。

太宰に比べて、自分はこういう描写が丁寧にきちんとできる。芙美子は煙草に火をつけ、満足してふうっと煙を吐いた。

それから二人は年末、伊香保に行く。でも、まだ芙美子は急がない。旅館の部屋に落ち着いた富岡はまだ「死の方法」について考えている。

女を道づれにするのはどうなのだ？　これは、自分の死の道具に過ぎないのさ。勝手な奴だな。俺はそう云う人間なンだ……。富岡は、ゆき子の指を時々固く握り締めてみながら、自分の心に自問自答している。怖ろしいとか、つくりものだとか、いやらしいとかの考えだと云うのならば、それは他人の考える事であって、死んでゆくものは、案外、悲劇を演じているつもりかも知れない。

ここまで書くと芙美子は、後ろに敷いていた蒲団にひっくり返った。強烈な睡魔に襲われたのだ。しばらくして起きると、打ち上げられた水死体のような気分だった。目の前の障子の枡目が、原稿用紙の枡目に見える。それで気を取り直して書き始める。二人に伊香保でなお二日を過ごさせてから、ついに心中について話し合わせることにした。

「……死ぬと云う事は、本当は怖いものなンだ。──かあっとした、真空状態になるのを待たなければ、仲々死ねないものだ。君は、もし、万一、死を選ぶとして、どんな方法をとるかね？」

「青酸カリが一番楽なンでしょう？」

「そんなものを持たない時に、真空状態になったら？」

「そりゃア、その時になってみなくちゃア判らないじゃありませんか？　真空状態で、どんなスタイルで死ぬかなンて、考えてはいられないでしょう？」

「じゃア、愛するもの同士が心中をする場合だね、どっちかが、真空になれなかったら、うまく、気分があわないわけだね？」

「違うでしょう？　それは、かあっとなるよりも、それを通り越してもう一つ心の奥で冷たくなって、二人が黙って、事を運ぶンじゃなくちゃ、いけないのじゃないかしら……。死ぬ事が怖いのだったら、方法を考える事だって怖いンだから、二人の死となると、よく計画しなくちゃ駄目なのね……」

その晩、ゆき子はうなされる。これも芙美子おなじみの暗喩で、出さずにはいられない。

「何だか、青い着物を着た、顔のない人間が、その馬に乗ってるのよ。苦しくて、苦しくて、助けてッて云っても、声も出ないンですもの……」

さて、どうするか。芙美子は二人の運命を考えた。もう当初予定の枚数には達しているので、これで心中させて終わりにしてもいい。この作品を通じて「花ちゃん」の無念を晴らすためには、心中を図ったあと、ゆき子は助けられ、富岡だけ死ぬのがよい。

しかし、二人はまだ落ちるところまで落ちていない。太宰も何度か死にそうで死ななかった。いずれ死んでもらうにしても、もっと自堕落にしてからにしよう。

伊香保で年が明け、二人は前夜とはもう気が変わって、死ぬことが馬鹿らしくなっている。

芙美子は考えた末、〝おせい〟という二十歳前の若い女を登場させることにした。肉感的な女だ。伊香保の片隅で鳥小屋のようなみすぼらしいバーをやっている。

おせいには五十歳にもなろうかという年上の亭主がいる。小柄で頭の禿げた、風采のあがらない男だ。芙美子が滞在した南ボルネオのバンジャルマシンに、海軍で行っていたことにした。

富岡はこの亭主清吉と意気投合して、正月でもあり、店の二階でゆき子も交え四人で飲み食いするのだが、さっそく富岡は炬燵の中で、おせいの手を握る。清吉とゆき子を酔い潰して、この日にはもう二人は関係を持つのだ。酒で朦朧としたゆき子は気づかない。部屋を出ていく「女のお化け」を見た気がしただけだ。

おせいの逞しい肉づきに、富岡は明日からの生活を考え始めていた。もう死ぬ気はなかった。ゆき子に対して、背反の反省もない。おせいは、時々眼を光らせて、富岡を掠めるように眺めた。

7

二十五年四月、芙美子は雑誌『主婦の友』の取材で屋久島を訪れることになった。国境の南の果ての島を紀行するという趣旨だった。ここより南はまだアメリカから返還されていないからだ。

鹿児島へ向かう途中、寄り道した長崎の旅館でハンドバッグと時計を盗られ、さんざんな思いで二十二日夜、鹿児島市に到着した。

西南戦争終焉の城山の麓にある岩崎谷荘という由緒ある旅館だ。天皇陛下もお泊まりになったという部屋に通されて、芙美子はようやくゆっくり落ち着いた。実際に鹿児島に暮らしたのは小学五年生の時のわずか数か月とはいえ、母の里であって第一の故郷だ。昭和十三年に武漢攻略戦況報告講演会で来て以来だから、十二年ぶりかしら、と懐かしい気分になっていた。夜が明けたら桜島の姿を眺めるのが楽しみだ。

ところが翌日、九州・山口各県の知事一行が岩崎谷荘に入るので宿を移ってくれないかという。二日後に県知事会議が鹿児島県庁で開かれるというのだ。

「女流作家より、そりゃ知事様のほうが大事だわね」

芙美子は支配人にそう言って腹を立てながら天文館の小さな旅館に移動した。

「鹿児島は官尊民卑よね。感じが悪い。やっぱり、よしや異土の乞食となろうとも古里は遠くにありて想うもの、ね」

宿に訪ねてきた鹿児島の姪にそう話した。もう早く屋久島へ渡りたかった。ところが、海が荒れて、なかなか船は出ない。雨の鹿児島の町を歩いてみても、空襲を受けて昔の面影は何もなかった。

四日後にようやく船が出た。

屋久島に着くと、はしけで渡った。あたりは急に暗くなって、雨が降り始めた。旅館に着いたころには雨がさらに激しくなっていたが、食事を済ませると営林署の取材に行った。実は種子島あたりから風邪気味だったのだが、雨に打たれたので体調はどんどん悪くなっている。だいぶ熱も出ているようだ。

しかし、鹿児島で時間を無駄にしたし、弱音を吐くつもりはない。気をしっかり持って営林署の職員に話を聞いた。すると、屋久島における営林署の重要性は想像以上だった。道も電気も営林署がつくったものだ。芙美子は、これは、と閃くものがあり、トロッコで山の上まで上がらせてもらった。

宿に帰り着くと、三十八度近い熱だった。ぐったりと横になった芙美子は決心していた。南ボルネオのバンジャルマシンで出会った農林技師を富岡のモデルにしていてよかった。富岡はここ屋久島で殺そう。富岡とゆき子には今度こそ屋久島で死んでもらおうと決めた。

東京に帰ると、再び「浮雲」を書き始めた。

急ぐ必要はない。それまで関東一円で展開していた話の決着を屋久島に持ってこようというのはちょっと唐突だろう。話はゆっくり進めなければならない。

おせいは伊香保から家出して、東京で富岡と同棲している。

ゆき子は富岡の子を宿していた。これもまた『放浪記』の「私」と同じく堕ろすことになるだろう。ゆき子は富岡に心を残しながらも捨てられたような形で、伊庭という新興宗教家のもとで働いている。伊庭は義兄の弟で、ゆき子は若いころその家に下宿していておもちゃにされたのだ。そんな伊庭の女に再びなっていた。

さて、と芙美子は考えた。そろそろ富岡とゆき子の道行きに持っていきたいが、おせいと清吉の夫婦が邪魔になってきた。その問題を一気に解決する筋を思いついた。ようやくおせいを捜し当てた清吉がおせいを殺し、逮捕されるのだ。ゆき子は中絶して退院する日にその新聞記事を読むという形にした。

これであとは富岡とゆき子、二人の始末だけだ。

これが、自分と太宰との決着になると思った。

どちらが死ぬのか。

富岡は獄中の清吉の面倒を見る。女に対していい加減な自分と違って、浮気した妻を殺した清吉の真摯さに打たれるところがあったのだ。

ようやく富岡と会うことのできたゆき子は、中絶のこと、おせいのことを責め立てる。

「貴方ってひとは、心中するつもりでいても、女の死ぬのを見て自分だけゆっくりその場をのがれて行くひとです。ひとを犠牲にして知らん顔してるンだわ。」

富岡は破滅的な生き方から脱するために、あえて屋久島という辺境の地を選び、そこの営林署に勤めることを決意する。

ゆき子は新興宗教の金を持ち逃げして、富岡にどこまでも付いていこうとする。

さて、いよいよ屋久島行きだ。

これだけ長い腐れ縁の大団円は、やはり心中を全うさせるのがいい。芙美子はそう決めていた。太宰が芙美子に「一緒に死にましょう」と自動車の中で言ったときのことを思い出す。ところが、ゆき子は鹿児島に着いたとたんに病に倒れてしまう。どうしてこうなるのか、作者にも分からなかった。いや、自分が実際に屋久島で高熱で伏したときにこの結末は決まってしまったのかもしれない。もうこの時点で、フィクションの富岡＝太宰によってゆき子＝芙美子は殺されてしまうことが分かった。「人間失格」で我が身を滅ぼした太宰をあえてまた殺すこともない、ということか。そうかもしれない。

ゆき子はそのまま無理を押して屋久島に渡るが、わずか数日で死んでしまう。何のいいこともない。「この島へ死にに来たようなものであった」。ゆき子病死のシーンは、芙美子にはまるで自分が死ぬのを幽体離脱して眺めているようだった。富岡が作者の芙美子に向かって、にやりと笑うのが見える気がした。

富岡はゆき子の死に顔を眺めたあと、猛烈な下痢をする。

色々な過程を経て、人間は、素気なく、此世から消えて行く。一列に神の子であり、また一列に悪魔の仲間である。

そして「浮雲」のラストシーン。

富岡は鹿児島の町をさまよう。天文館の路地裏の小料理屋に入って酒を飲む。

そして、こうだ。その店の女の一人と二階に上がるのだ。

一人生き延びて、また、自堕落な男に戻る。屋久島にも東京にももう戻りたくないと考えている。ついに生き方を立て直すことはなかったのだ。

自堕落の王。

そう言っていいだろう。

堕落の王の完成。堕罪、治む。

太宰は「上司幾太」だの「田島周二」だの作中の人物の名前を弄んだように、ペンネームで自分の人生を弄んだのだ。ふざけた男だ。

「浮雲」は昭和二十六年四月にようやく完結した。

芙美子の体調は最悪になっていた。もともと心臓弁膜症の気味があって、若いころから夏はすぐ横になってごろごろしていた。それがいつしか強くなって、体力には自信を持つようになっていたのだが、執筆の無理がたたった。出版社に行っても階段を上れないし下りられない。編集者に電話して玄関まで下りてきてもらうようになった。自宅の裏手の階段はもちろん、表の坂ともいえない傾斜までが歩きづらくなっていた。

それでも仕事は減らさなかった。

## 8

心臓弁膜症は進行するにつれて運動時の息切れ、動悸、さらに悪化すれば安静時の呼吸困難、心臓痛などが生じてくる。健康に不安はあったが、芙美子は構わず目一杯の執筆をこなしていた。

それは再びパリへ行くためだった。昭和二十四年三月に藤田嗣治が日本と訣別して去っていったことが大変なショックだった。敗戦直後の美術界は、藤田を筆頭とした戦争犯罪者リストを準備した。その後、ＧＨＱの公職追放者には画家は入らなかったが、藤田の心の傷は深かった。

「あの人こそ、真の芸術家なのに」

芙美子自身も戦争協力者の作家筆頭として烙印を押されつつあっただけに、パリで再び藤田に会いたかった。そして今度はフランス語のできる秘書を連れて、フランスを主題に小説を書き、現地でフランス語に訳して自費出版するつもりだ。

昭和二十六年六月二十七日。

『主婦の友』の企画「名物食べ歩き」の一回目の取材だ。

女性記者と銀座の「いわしや」に行き、つみれ、南蛮漬け、酢の物、蒲焼きなどを少量ずつ食べ、ビールを二杯飲んだ。すると急に鰻が食べたくなって、記者を誘った。車で深川の「みやがわ」へ行き、三串出た蒲焼きを記者と分け、車海老も一つずつ分けた。酒はおちょこで三、四杯。帰宅する途中、心臓に悪いからタバコをやめたことを話した。午後九時半すぎ車を家の後方の高台に付けた。石段は記者の腕につかまって一つずつゆっくりと下りた。三十二段もあるのだ。「どうせ死ぬんだから、生きてるうちに頑張らなきゃ」といつものように自分に言い聞かせた。

この日、家には植木屋が入っていて、植木屋のおやつ用に作ったお汁粉が残っていた。それを温めさせて家族全員で食べた。

午前零時近くに書斎で床に就いたが、苑が世話をすませてそこを出るとき、芙美子はなぜかオダサクの言葉を思い出した。

「私に関わりになると、近親者が汽車絡みの事故で死にますよ。気をつけてください」

家族に列車には気をつけるように言いたかったが、そのまま意識を失ってしまった。
林芙美子はそのまま二十八日午前一時ごろ、急死した。心臓麻痺だった。

# エピローグ

昭和二十六年七月一日、林芙美子の下落合の私邸で告別式が行われた。太宰の死から三年、同じ六月に死ぬとは、ね。

葬儀委員長は川端康成。親族代表は大泉苑。

川端は五十二歳の渋い男盛り。苑は二十三歳の輝く女盛り。

俺の見るところ、どうも川端は苑のことを憎からず思っているようだ。文士なんてのは謹厳実直そうに見えても、しょせん好色なものさ。ましてや喪服を着た二十三の女とくりゃあ、普段の倍以上に魅力的に見える。じろじろと遠慮のない視線を向ける男どもが多い。喪主の六敏だって何を考えているものやら……。

それにしても、この焼香の列の長さ。近所の人や林芙美子ファンと見受けられる人たち、こういう一般庶民に人気があったんだねえ。それが次々に押しかけて、絶える間がない。こんなに込み合った葬式見たことないぜ。花輪も家を囲んで林立している。

おっ、井伏鱒二も来てるじゃないか。自分ばかりが太宰に悪人にされたと機嫌を損ねて、芙美子とは疎遠になっていたんだが。

井伏は俺のほうを見て一瞬ぎくっとした表情をみせてから、まさか、というふうに首を振って、また前のほうを見た。

そう、俺はだんだん死んだあいつに似てきたんだ。この鼻とか。七月だというのについ、黒い二重廻しで来てしまったから目に付くのも当たり前か。

挨拶に立った川端康成もぎろりとこちらを見た途端、金縛りに遭ったようだ。俺はそもそも、太宰治が錯乱して川端康成への憎しみを募らせているときに誕生した存在だから、なんか感じるもんも違うんだろう。

そして川端は気が動転したのか、挨拶でこんなことを言った。

「故人は自分の文学的生命を保つため、他に対して、時にはひどいこともしたのでありますが、しかし、あと二、三時間もすれば、故人は灰になってしまいます。死は一切の罪悪を消滅させますから、どうかこの際、故人を許してもらいたいと思います」

異例の挨拶に、詰めかけた一般庶民からざわめきが起こった。無理もない。葬式で「故人を許してもらいたい」だなんて。おまけに天下の川端康成が言ったことだ。これで林芙美子は酷い女だったのだ、とのちのちまで伝えられていくことだろう。

俺だけは川端の真意が分かった。だって俺に対して言った言葉だったから。川端だけは林芙美子が太宰治を葬ったことを知っている。俺を太宰の亡霊だと思って（まあ当たらずとも遠からずだが）、どうか成仏してもらいたいと願って、あのようなことを言ったわけだ。なるほど、いいことを言ってくれた。自分の文学的生命を保つため、他に対して時にはひどいこともした……しかし、それは太宰だってそうだ。いや、作家なんてのは皆そうかもしれん。いいことを言ってくれたお礼に、あんたが死んだら、人生最愛の初世さんとすぐ近くで眠れるようにしてあげよう。誓って約束するよ。俺はすっかり満足して、そこを後にした。

トカトントン。おあとがよろしいようで。

## 参考にした主な本（発行年は昭＝昭和、平＝平成）


［林芙美子］林芙美子全集（昭52、文泉堂出版）▽林芙美子『晩菊・水仙・白鷺』（平4、講談社文芸文庫）▽林芙美子詩集『蒼馬を見たり』（平14、日本図書センター）▽武藤康史編『林芙美子随筆集』（平15、岩波文庫）▽文藝臨時増刊『林芙美子讀本』（昭32、河出書房）▽平林たい子『林芙美子―宮本百合子』（平15、講談社文芸文庫）▽平林たい子『砂漠の花』（昭36、講談社）▽池田康子『フミコと芙美子』（平15、市井社）▽山崎省三『回想の芸術家たち』（平17、冬花社）▽櫻本富雄『文化人たちの大東亜戦争』（平5、青木書店）▽望月雅彦『林芙美子とボルネオ島』（平20、ヤシの実ブックス）▽岡富久子『あざなえる縄』（平2、小沢書店）▽村岡恵理『アンのゆりかご　村岡花子の生涯』（平20、マガジンハウス）▽太田治子「林芙美子の守り神」（『芸術新潮』平21年2月号）▽宮田俊行『林芙美子「花のいのち」の謎』（平17、高城書房）▽宮田俊行「林芙美子」『新薩摩学　鹿児島の近代文学・散文編』（平21、南方新社）所収
［太宰治］太宰治全集（平11、筑摩書房）▽太宰治『斜陽　人間失格　桜桃　走れメロス　外七篇』（平12、文春文庫）▽相馬正一『評伝太宰治』（平7、津軽書房）▽小山清編『太宰治研究』（昭31、筑摩書房）▽『新文芸読本　太宰治』（平2、河出書房新社）▽秋山耿太郎・福島義雄『津島家の人びと』（平12、ちくま学芸文庫）▽山崎富栄『愛は死と共に』（昭43、虎見書房）▽梶原悌子『玉川上水情死行』（平14、作品社）▽太田静子『斜陽日記』（平10、小学館文庫）▽太田治子『明るい方へ――父・太宰治と母・太田静子』（平21、朝日新聞出版）▽佐藤清彦『にっぽん心中

考』（平13、文春文庫）

〔**織田作之助**〕底本織田作之助全集（昭53、文泉堂書店）▽青山光二『純血無頼派の生きた時代』（平13、双葉社）▽織田昭子『マダム』（昭31、三笠書房）▽織田昭子『わたしの織田作之助』（昭46、サンケイ新聞社）

〔**井伏鱒二**〕井伏鱒二全集（平8—12、筑摩書房）▽井伏鱒二『花の町・軍歌「戦友」』（平8、講談社文芸文庫）▽井伏鱒二『厄除け詩集』（平6、講談社文芸文庫）▽加藤典洋『太宰と井伏——ふたつの戦後』（平19、講談社）

〔**川端康成**〕川端康成全集（昭59、新潮社）▽東雅夫編『文豪怪談傑作選　川端康成集　片腕』（平18、ちくま文庫）▽羽鳥徹哉『作家川端の基底』（昭54、教育出版センター）▽清田昌弘『かまくら今昔抄60話』（平19、冬花社）

〔**藤田嗣治**〕近藤史人『藤田嗣治「異邦人」の生涯』（平18、講談社文庫）▽『芸術新潮』平18年4月号「藤田嗣治の真実」▽林洋子『藤田嗣治　本のしごと』（平23、集英社新書）▽深水黎一郎『エコール・ド・パリ殺人事件』（平20、講談社）

〔**その他**〕矢田津世子全集（平元、小沢書店）▽横山良一『金子光晴の旅』（平23、平凡社）▽『古地図・現代図で歩く　昭和東京散歩』（平16、人文社）▽サンライズ出版編『近江商人と北前船』（平17、淡海文庫）▽竹山哲『現代日本文学「盗作疑惑」の研究』（平14、ＰＨＰ研究所）

※インターネットでは特に「東京紅團」（tokyo-kurenaidan.com）が役立ちました。
作品からの引用については、常用漢字、現代かな遣いに改めた部分があります。

**宮田俊行**（みやた・としゆき）
1957年、鹿児島県生まれ。早稲田大学法学部、京都造形芸術大学文芸コース卒業。地方紙デスクを経て、2011年3月、執筆・編集の象鯨舎を起業。福岡県小郡市在住。

「花《はな》のいのち」殺人《さつじん》事件《じけん》

■

2011年10月20日　第1刷発行

■

著　者　宮田俊行

発行者　西　俊明

発行所　有限会社海鳥社

〒810-0072　福岡市中央区長浜3丁目1番16号

電話092(771)0132　FAX092(771)2546

印刷・製本　モリモト印刷株式会社

ISBN 978-4-87415-825-8

http://www.kaichosha-f.co.jp

［定価は表紙カバーに表示］